Eine, zwei, noch eine Geschichte/n

IMRE KERTÉSZ
PÉTER ESTERHÁZY
INGO SCHULZE

Eine, zwei, noch eine Geschichte/n

Berlin Verlag

Umschlaggestaltung: Josua Reichert, Haidbolzen
Typografie: Renate Stefan, Berlin
Gesetzt aus der Joanna MT von Greiner & Reichel, Köln
Druck & Bindung: Ebner & Spiegel, Ulm
Printed in Germany
ISBN 978-3-8270-0787-2
www.berlinverlage.de

FSC
Mix
Produktgruppe aus vorbildlich bewirtschafteten
Wäldern und anderen kontrollierten Herkünften
www.fsc.org Zert.-Nr. GFA-COC-1278
© 1996 Forest Stewardship Council

IMRE KERTÉSZ

PROTOKOLL

... Und vergib uns unsere Schuld,
wie auch wir vergeben unseren Schuldigern.
Und führe uns nicht in Versuchung,
sondern erlöse uns von dem Bösen ...

Das folgende Protokoll ist dazu bestimmt, jenes andere, zwar in jedem Fall amtlichere, wenn jedoch auch keineswegs glaubwürdigere Protokoll gegenzuzeichnen, das an einem bestimmten Ort, einem bestimmten Tag, zu einer bestimmten Stunde aufgenommen und (wahrscheinlich) zu den Akten gelegt worden ist, von dem Einzelheiten anzuführen wir hier jedoch nicht für erforderlich halten.

Dieses Protokoll geht nicht etwa aus der Absicht hervor, Tatsachen richtigzustellen, sie zu straffen oder zu ergänzen, so als würden wir an so etwas wie die Bedeutung von Tatsachen oder gar die Wahrheit glauben. Wir glauben an gar nichts mehr; und für Wahrheit und Lüge gleichermaßen taub und blind, vertrauen wir einzig und allein auf die Kraft der Beichte, die uns mit unserer Einsamkeit versöhnt und gleichsam ergeben macht für die Letzte Erkenntnis, die sich, ihren Schrecken verlierend, plötzlich in das vor uns her trabende Lamm verwandelt, dem wir – erst jetzt werden wir es gewahr – schon so lange beharrlich folgen; und diesmal, sofern wir in unserer Beharrlichkeit kein Jota nachlassen, sind wir vielleicht sogar imstande, es einzuholen.

An einem schönen Tag im April neunzehnhundert … kam mir der fruchtbare Gedanke, daß ich ein paar Tage, sagen wir zwei, allerhöchstens drei, in Wien verbringen könnte. Wer wollte die Notwendigkeit solcher gelegentlichen Orts- und Luftveränderung denn auch in Zweifel ziehen, ist sie doch nicht nur der Gesundheit förderlich, sondern auch der Kreativität allgemein, jener ständigen Betriebsamkeit der Seele (motus animi continuus), die – wenigstens bei mir – augenblicklich sozusagen einen jubelnden Aufschwung nimmt, sobald ich die Grenzen dieses Landes überschreite. Doch abgesehen davon leiteten mich in erster Linie eher praktische Absichten. Um es kurz zu fassen, ich hatte einen Anstandsbesuch bei Doktor U. im Ministerium für Unterricht und Kunst abzustatten, wo meine – in der Tat – bescheidenen Verdienste auf dem Feld der Übersetzung österreichischer Autoren ins Ungarische gewisse Aufmerksamkeit erregt hatten, der man auch nicht gezögert hatte Ausdruck zu verleihen; ferner wollte ich das Institut der Anthropologischen Wissenschaften aufsuchen, das mir erst kürzlich seine Absicht mitgeteilt hatte, meine gerade im Entstehen begriffene Wittgenstein-Übertragung mit einem Stipendium in Wien unterstützen zu wollen, eine Entscheidung, die Ehre, aber auch Sorgen wegen der Unterkunft mit sich bringt, was sich letztlich am besten vor Ort klären lassen würde, und-sofort. Ich muß hier allerdings hinzufügen, daß das Verlangen nach seelischer Erfrischung, diese in jedem von uns verborgene, uns manchmal schon natürlich anmutende Neigung, über uns selbst als Privatmensch, als Mensch an sich nachzudenken, in mir gar nicht aus dieser langen, tiefen Ohnmacht erwacht wäre ohne die Illusion von persönlicher Freiheit, deren Quelle ohne Zweifel in erster Linie in der Ungeduld, der sträflichen (und auffallend plötzlichen) Ungeduld meiner eigenen Seele zu suchen, doch daneben in letzter Zeit auch unbestreitbar durch bestimmte offizielle Verlautbarungen und unverantwortliche Behauptungen verbreitet worden ist.

Zwischen Budapest und Wien kommt es also zu dringenden Telefongesprächen; es werden Termine vereinbart mit den Damen und Herren von Ministerium und Institut, ein Zimmer in einem billigen, aber vertrauenswürdigen Hotel reserviert und dergleichen mehr. Besorgt überlege ich, ob ich meine Kranke, wenn auch nur zwei Tage lang, hier alleinlassen kann, da ihr Zustand gerade jetzt in eine kritische Phase zu treten scheint. Schließlich kaufe ich mir doch eine Fahrkarte, ja sogar eine Platzkarte. Noch am selben Abend bekomme ich Fieber, obendrein entzündet sich ein Zahn, und mein Gesicht schwillt an. In der Nacht habe ich eine grauenvolle Erscheinung. Es klingelt, durch das runde Loch des Spions erkenne ich einen jungen Mann vor der Tür, dessen Anblick mich erschaudern läßt. Mein Erlöser sucht mich auf, doch in welch anderer Gestalt als damals, vor gut vier Jahren, als er mir zum ersten Mal erschienen war, direkt an und über meinem Bett, so als wäre er geradewegs herabgestiegen aus himmlischen Höhen und durch die Zimmerwand, die offensichtlich für ihn kein Hindernis bedeutete, zu mir getreten; ein rötlich schimmernder Bart, schmale blaue Augen, die mit unaussprechlicher, über jeden Zweifel erhabener Sanftmut auf mir ruhten, während er mit einer unbeholfenen, doch deutlich segnenden Handbewegung mein Dasein billigte, mich bestärkend, so zu leben, wie ich lebe, und das zu tun, was ich tue. Diese Bestätigung impfte er mir wie eine strahlende Wahrheit ein, deren lebendige Wärme mein Herz noch lange bewahrt hat und zuweilen noch heute durchdringt.

Der junge Mann an der Tür erinnerte daran nicht im geringsten; er erschien wie ein Obdachloser, plötzlich aus der apokalyptisch brodelnden Tiefe dieser Stadt aufgetaucht: das

Äußere heruntergekommen wie das eines Alkoholikers, das Gesicht bedeckt von blonden Stoppeln, dennoch hatte ich keinen Zweifel an seiner Identität. Die verdächtigen und verworrenen Anspielungen auf seine vormalige Beziehung zu meiner Kranken hätte er sich sparen können, sie waren überflüssig; ich wußte ja, daß er sie als eine Art Prediger hin und wieder besucht und ihr dabei sogar eine Bibel verkauft hat. Auch nun wolle er wieder zu ihr. Ich spüre, daß, obwohl er die Wahrheit sagt, kein einziges seiner Worte wirklich wahr ist; wahrscheinlich stellt er mich nur auf die Probe, um sein Verhalten dann nach meinem auszurichten; und während das schändliche Mißtrauen in mir wächst und immer unverhohlener wird, verändert auch er sich, obschon sein Gesicht, seine blauen Augen auch weiterhin sanftmütig bleiben, so als habe er nicht die geringste Ahnung davon, was seine Hand unterdessen treibt. Diese Hand nämlich hatte sich längst durch den Türspion hindurchgezwängt; entsetzt wich ich vor ihr zurück, erst tiefer in den Flur, dann weiter bis in die Küche hinein; die Hand aber, eher einem Greifwerkzeug als einer Hand ähnelnd, streckte sich wie ein Elefantenrüssel oder eine Riesenschlange nach mir aus und folgte mir überallhin, mich mehr und mehr bedrängend. Schließlich begann ich um Hilfe zu schreien; da ich ihn nicht zur Tür hereingelassen hatte, sah ich nun meinen Mörder in ihm; aus der nicht benennbaren, gleichsam jenseitigen Beziehung von einst war ein Verhältnis von Verfolger und Verfolgtem geworden, und der letztere – also ich – rief, was so unbegreiflich wie lächerlich war, nach der Polizei, damit sie mich von dem Verfolger erlöse. Endlich rüttelte meine Frau mich wach, im Grunde aber weiß ich nicht, ob aus meinem

Traum oder meinem Leben, so hauchdünn ist der Unterschied, und einer Erklärung, das spürte ich, bedurfte ich in jedem Fall. Also suchte ich, wie so oft, wie fast immer und wie doch immer seltener, seit ich es (in Ermangelung eines besseren) auch zu meinem Beruf gemacht habe, mein Heil im Schreiben. Doch es konnte nur herauskommen, was – abgesehen von dem, was sich durch die Schmerzen in meiner Zahnwurzel deuten ließ – ohnehin klar war: das grundlegend schlechte Verhältnis zu mir selbst, meine Lieblosigkeit gegenüber allem, insbesondere aber gegenüber mir selbst. Dazu: ein memento mori – und diesmal nicht als Aufmunterung und Trost, wie in guten Zeiten, sondern als beklemmende und unabwendbare Bedrohung. Der Erlöser, das begriff ich wohl, schickt die Botschaft, daß er in einer Krise stecke, daß er vernachlässigt werde und zu strafen, ja sogar zu töten gedenke – mich, das heißt sich selbst. Mit hastigen, krakeligen Buchstaben warf ich folgendes auf ein Heftblatt: »Sei also auf der Hut, suche die Verbindung zu dem Urglück, das auf dem Grund von allem verborgen ist, zur Schöpfung; schreibe; doch sei zugleich aufmerksam für alle in deiner Umgebung – suche die Einsamkeit, ja, schaffe sie dir, ohne jedoch alles andere sträflich zu liquidieren, wie du es immer getan hast.«

Tags darauf verständigt mich in aller Frühe ein Anruf davon, daß meine Kranke gestorben ist. Gestorben ohne mich, der ich selbst krank niederliege. War das der Grund? Ein Vorwand? *Irgendwie kann man immer ein bißchen dafür.* Trotz Fieber fahre ich zur Ambulanz und lasse mir den Zahn ziehen. Am nächsten Tag dann hinaus zum Krankenhaus, in dem meine Kranke gestorben ist, ein Gespräch mit dem wundervollen, charismatischen Chefarzt L. »Jedoch, es ist nun Zeit, daß wir gehen, ich, um zu sterben, und ihr, um zu leben. Wer aber von uns beiden zu dem besseren Geschäft hingehe, das ist allen verborgen außer nur Gott«, zitiert er mit stillem Lächeln. Wir unterhalten uns lange. Dann stürze ich mich in das Mahlwerk der seelenlosen, doch irgendwie auch ernüchternden und damit letztlich wohltuenden Bürokratie. Ich besorge den Auszug aus dem Sterberegister, erledige die Bestattungsformalitäten und vor allem, ich zahle, zahle, zahle.

Nach einigem Überlegen entschließe ich mich, trotz alledem nach Wien zu fahren. Abermals Telefonate, Entschuldigungen, Absagen, neue Termine. Neue Platzkarten, hin und zurück. Überflüssigerweise, wie die Frau am Schalter meint, der Zug sei gewöhnlich halbleer. Doch ich möchte sorgenfrei reisen, sicher und vor allen Eventualitäten geschützt. Mich interessiert in diesem Moment nicht, daß ich draufzahle, was ja ohnehin das Gesetz meines Lebens ist. Ich möchte mir diese Reise zum Geschenk machen, mich damit als mein eigener wohltätiger, freigebiger Freund selbst überraschen. Ich reise gern, im Grunde das einzige, was ich gern tue. Auch ich bin stets der glücklichste Reisende und der allerunglücklichste Ankommende, wie Bernard es über sich sagt. Ich liebe es, unterwegs zu sein, das heißt, nirgendwo. Viertausend Schilling liegen wohlverwahrt in meiner Schublade; für den Fall, daß ich Freunde habe, die ich »meine treuen Leser« nennen darf: Nun, sie werden wissen, daß ich mich 1989, also vor zwei und einem halben Jahr, einen Monat lang mit einem Stipendium in Wien aufgehalten habe; hier nun will ich ihnen auch noch verraten, daß ich damals außerdem das Valuta- oder Devisen-ich-weißnicht-was eingetauscht habe, das man alle drei Jahre eintauschen darf, in Schecks und in Bargeld; im allgemeinen habe ich keine Ahnung von diesen Dingen, ich schlafe schon ein, wenn ich Paragraphen und Gesetzesartikel nur ansichtig werde; umso mehr, als sich in dem Land, in dem mir zu leben bestimmt ist, diese Gesetzesartikel und Paragraphen seit meiner Geburt immer gegen mich richteten – oft sogar gegen meine nackte physische Existenz –, und sich selbst diejenigen, die dem Sinn nach vielleicht mir zum Schutz dienen sollten, in der Praxis allesamt als gegen mich verwendbar erwiesen; kein Grund also, sie zu studieren. So stecke ich denn die viertausend (d. i.: 4000) Schilling, die von meiner Reise 1989 übriggeblieben sind, nun einfach in die Tasche. Schließlich fahre ich nicht nach Wien, um dort herumzuknapsen: Sollte ich am Abend meiner Ankunft ein bemerkenswertes Konzert im Programm des Konzerthauses oder des Musikvereins entdecken, so werde ich dort hingehen; sollte ich Lust verspüren, im Restaurant zu essen, so werde ich im Restaurant essen undsofort.

Es soll in diesem Protokoll nicht unerwähnt bleiben, daß ich am Vorabend meiner Reise einen wohltätigen Anruf erhielt; die im eigentlichsten und wahrsten Sinne des Wortes liebenswerte Anruferin fragte an, ob ich nicht Lust hätte, Verdis Requiem zu hören, für das sie zufällig eine Karte übrig habe. Und so hörte ich am Vorabend meiner Reise in der Oper noch Verdis Requiem: auf dem Heimweg rauschten mir die erschütternden Klänge des *libera me Domine de morte aeterna* durch den Kopf, wobei wie immer Zweifel und Ergriffenheit in mir rangen; in alles füge ich mich, mit dem Gedanken einer Auferstehung aber kann ich mich bis zum heutigen Tag nicht befreunden:

»Dann will ich gar nicht erst sterben« – wie Marat gesagt haben soll.

Doch nicht das war der Grund, warum ich die ganze Nacht kein Auge zugetan habe, sondern das Reisefieber, diese infantile Neurose, die mich von Kindheit an verfolgt und noch im reifen, im überreifen Alter immer wieder zum Kind macht; ich bin machtlos dagegen, obwohl ich mich ihr so beharrlich widersetze wie jeder anderen Form von Infantilität, bei der ich mich irgendwann schließlich einmal ertappe: dennoch bin ich, wie gesagt, machtlos, wie aber mag es dann erst um all die verborgenen Gifte der Infantilität bestellt sein, die mich unbemerkt durchdringen und meinen ganzen Organismus in ihrer Gewalt haben, gleich dem Alkohol oder einem unverzichtbaren Rauschmittel.

Für halb fünf habe ich den Weckruf bestellt, aber um vier bin ich bereits auf den Beinen. Ich hasse es, früh aufzustehen, aber wenn ich schon früh aufstehen muß, stehe ich sogar noch früher auf. Taumelnd vor Müdigkeit bereitet meine arme Frau das Frühstück und die Brote für die Reise. Eine Orange. Schokolade. Am Ostbahnhof komme ich mir vor, als sei ich plötzlich an den Ufern des Ganges an einem hinduistischen Feiertag. Bettler mit brandbefallenen Beinen, schreiende Straßenhändler, verschlagen umherblickende Trinker. Ich mache mich davon, die Hand schützend gegen die von meiner Schulter hängende Tasche gepreßt, ich wage nicht, stehenzubleiben, ich gebe nichts, ich kaufe nichts, ich bin mißtrauisch, in mir ist keine Liebe. In mir ist keine Liebe. Der Zug steht schon bereit, ich finde meine Wagennummer, finde meine Sitzplatznummer, ein Fensterplatz. Fürs erste bin ich in Sicherheit. Die Heizung springt an. Die Türen schließen automatisch. Der Platz neben mir bleibt frei: ich bin froh, daß niemand neben mir sitzt, in mir ist keine Liebe. Ich packe meine Zeitungen aus. Die Tageszeitung mit den rohen Aktualitäten widert mich an. Der Leitartikel zeugt zwar von einer gewissen Moral, aber das macht die Sache nur schwieriger. In einer unmoralischen Welt moralisch zu sein, ist ebenfalls unmoralisch. Was wäre zu tun? Ich weiß es nicht. *Auf Ehre und Gewissen, Katja, ich weiß es nicht*. Ich falte die Tageszeitung zusammen und stopfe sie in das Netz an der Rückseite des Vordersitzes. Dann nehme ich die Zeitschrift 2000 zur Hand. Nach dem Überfliegen des Inhaltsverzeichnisses weiß ich, daß mich Dalís Tagebuch in diesem Heft am meisten interessieren wird. *Diary of a Genius*, »Tagebuch eines Genies« – nein, keineswegs eine Übertreibung, ich kann dem Titel zustimmen, auch wenn er vielleicht etwas prätentiös ist; schon bei den ersten Worten werde ich von seiner Genialität überwältigt und erdrückt, von dieser seltsamen Mischung aus kindlicher Hemmungslosigkeit und Prahlerei, und etwas Luft bekomme ich in dieser stickigen Atmosphäre nur durch die Ritzen, welche die Leere der Lüge mir hier und da im Text offenhält. Eine kurze, bittere Assoziation: das eigene Tagebuch. Was für einen Titel gab ich ihm? »Galeerentagebuch«. Unabhängig von allen Unterschieden in Qualität und Größenordnung, das Genie kann sich hier allenfalls schuldig fühlen; wer käme in dieser osteuropäischen Hemisphäre schon auf die Idee, sich selbst für ein Genie zu halten, ausgenommen der AntiGenius, jene Handvoll Massenmörder und Usurpatoren.

Wie zur atmosphärischen Illustration der im Text erörterten skatologischen Elemente dringt plötzlich beißender Gestank durch das geschlossene Fenster; ich blicke von meiner Zeitschrift auf: Tatabánya. Verwüstete, geschundene, kahl starrende Endzeitlandschaft, qualmende Betonklötze, Rohrleitungen, Gerüste, die quer durch den Himmel gezogen sind wie harte Federstriche, die eine Stelle im Text oder ein Stück Leben ausstreichen, nichts weiter als unverhüllte Ausbeutung, gnadenlose Zweckmäßigkeit, Rationalität, Häßlichkeit, *die Wüste wächst*, erwidere ich Dalí, Landschaftsbild ohne Landschaft, nicht mehr grauenvoll, nur noch trostlos wie die Wahrheit. Mein Reisepaß ist schon vorhin kontrolliert worden, nun wimmelt es auf einmal von graugekleideten Männern im Waggon. Einer tritt zu mir heran, ein dunkler Typ mit kurzen, raschen Bewegungen. Ungarischer Zoll, sagt er. Er bittet um meinen Reisepaß, mit ausdrucksloser Stimme, bescheiden, wie jemand, der sich selbst keinerlei Bedeutung beimißt. Trotzdem: während ich erneut aufstehe, um aus der Innentasche der Lederweste, die am Haken über mir hängt, meinen Reisepaß herauszufingern, durchzuckt mich, völlig unverständlicherweise und grundlos wie der Sonnenschein draußen, der Gedanke: in diesem Menschen ist keine Liebe. Vielleicht eine Nachwirkung von Dalís Tagebuch, eine Empfindung meiner eigenen narzißtischen, plötzlich wehrlos und empfindlich gewordenen, ewig nach Liebe dürstenden Kinder- und Künstlerseele. Der Mann ist inzwischen offenbar fertig; er klappt den Reisepaß zu und will ihn mir schon zurückgeben, da fragt er ganz unvermittelt, mit der gleichen ausdruckslosen Stimme wie vorher, irgendwie aber überrumpelnd schnell – und vielleicht ist es nur mein frisch an Salvador Dalí geschärftes Gehör, das darin eine Spur von Hinterhältigkeit ausmacht –, wieviel Valuta (oder Devisen: den Unterschied werde ich wahrscheinlich nie begreifen) ich »ausführe«, wie es wohl heißt. Tausend Schilling, antworte ich ohne jegliches Zögern und wer weiß warum. Der Mann reagiert ausgesprochen überraschend. »Zuviel, zuviel, zuviel«, flüstert er dreimal hintereinander, gleichsam vor sich hin (wie die Anweisung in älteren Dramen lautet). Wieso zuviel? frage ich verblüfft. Weil, erwidert er, die Summe »darüber liegt«, worüber, verstehe ich in der Eile nicht. Ich solle ihm die tausend Schilling einmal zeigen, fordert er mich auf. Langsam kommt jenes Gefühl der Entrücktheit über mich, das ich aus meiner – zumindest in dieser Hinsicht – reichen Lebenserfahrung nur zu gut kenne: in gewisser Weise habe ich den Schauplatz verlassen, alles, was von jetzt an geschieht, betrifft mich nicht mehr. In diesem Gefühl stecken Gelassenheit und völlige Hingabe. Es ist die gleiche Ergebenheit, mit der wir unserem Verhängnis entgegengehen, immer mit unbedingtem Vertrauen auf die Zeit, den folgenden Schritt und die nächste winzige Einzelheit, während wir insgeheim ganz genau wissen – und vielleicht nicht einmal bedauern –, daß das Ende unaufhaltsam ist. Nur eines bleibt uns mit dem verbleibenden Rest an Scharfblick, der gleichsam vorübergehend an Stelle unserer Gegenwärtigkeit tritt, nicht erspart: Wir nehmen in aller Deutlichkeit wahr, daß wir Teil einer bestimmten, mechanisch sich vollstreckenden Dummheit geworden sind, die uns, unserem Wesen – so glauben wir – im Grunde vollkommen fremd ist, und das stört uns die ganze Zeit über ein wenig, doch sowenig wie bei der würdelosen Erschütterung unseres Zwerchfells in einer billigen Posse sind wir imstande, diesen selbsttätigen Mechanismus zu bremsen.

Erneut greife ich also in meine Innentasche; und meine Hand zittert nicht einmal, sie zögert lediglich ein wenig, bevor es mir gelingt, mit der Geste eines Zauberers, der im denkbar ungünstigsten Augenblick zum Auftritt gezwungen ist, aus den vier zusammengefalteten Banknoten einen Tausendschillingschein hervorzuangeln. Wieviel ungarisches Geld ich bei mir habe, lautet die nächste Frage. Siebenhundert Forint, antworte ich. Auch die soll ich ihm zeigen. Ich zeige sie ihm. Wir zählen, es stimmt. Jetzt soll ich noch – lautet sein leiser, aber nachdrücklicher Wunsch – den Inhalt meiner Taschen auspacken. Ich packe ihn aus. Ein Papiertaschentuch, eine Straßenbahnmonatskarte, eine Flöte, ein Aschenbrot. Der unbeteiligte Beobachter, der ich in diesem Augenblick viel eher bin als dieses chaplineske Wesen, das seine eigenen Taschen durchwühlt, schüttelt indessen unablässig den Kopf, mit verständnislosem, aber nachsichtigem Lächeln. Schließlich muß der Mann unbedingt, und zwar mit dem Zeigefinger, auf jene Tasche deuten, die ich allem Anschein nach ganz vergessen habe. Seine Intuition hätte mich wundern können, doch in diesem Augenblick wundert mich gar nichts; später unterbleibt es dann, denn ich bekomme heraus, daß seine Augen zwar klein, aber – zumindest in einer Hinsicht – absolut unfehlbar sind: diese Zoll- und Fiskusaugen, die über die Erfahrung und die Raffinesse von Jahrtausenden verfügen, seit die Zollkontrolle von den alten Ägyptern, den Persern, Inkas oder Etruskern überhaupt erfunden worden ist: diese Augen hatten das anfängliche Zögern meiner Hand augenblicklich erfaßt und registriert. Mit gleichsam kindlicher Neugier greife ich also in die gewünschte Tasche, und siehe da, was kommt zum Vorschein: dreitausend Schilling. Ich bin wahrlich überrascht über diesen Fund. Der Zöllner aber beschlagnahmt ihn auf der Stelle. Und teilt mir das auch mit. Das Geld sei, so sagt er, beschlagnahmt, weil ich nur eintausend Schilling »deklariert« habe, wie es wohl heißt, tatsächlich jedoch viertausend von ihm bei mir gefunden worden sind. Das ist wahr. Und was wahr ist, muß wahr bleiben. Nur verstehe ich nicht ganz, was ich außer dieser Schwindelei sonst noch verbrochen habe. Schließlich ist es ja mein Geld, das er bei mir findet, kein fremdes, also kein gestohlenes. Ja, meint der Zöllner, ich hätte aber eine »Ausfuhrgenehmigung« beantragen müssen. Ich bin ehrlich erstaunt, das habe ich nicht gewußt. Niemand hat mir etwas davon gesagt. Ich höre immer nur, es sei alles liberalisiert worden, jeder könne sein Geld bei der Bank frei einzahlen und abheben, anders als zu Zeiten, da alles verstaatlicht war. Auch meinen Paß brauche ich ja nicht mehr eigens für jede Reise verlängern zu lassen, ich hätte nicht geglaubt, daß mein Geld – sofern es richtiges, das heißt westliches Geld ist – weiterhin dem Staat gehört. Nicht so schlimm, sagt der Mann, die dreitausend Schilling und den Reisepaß allerdings nehme er mir hiermit ab.

In diesem Augenblick hat der Zauber ein Ende: schlagartig komme ich zu mir. Sehr energisch fordere ich ihn auf, das nicht zu tun; um zwölf Uhr hätte ich eine Verabredung in Wien mit einem Herrn vom Ministerium, am Nachmittag erwarte man mich noch in einer anderen Behörde, und ein Zimmer im Hotel sei auch schon reserviert. Ich könne nicht mit leeren Taschen nach Wien kommen. Davon, daß man diese Ausfuhrgenehmigung brauche, hätte ich nichts gewußt. Man könne mich unmöglich in eine derartige Situation bringen. »In Ordnung, Herr

Kertész, nehmen Sie Platz, dafür ist jetzt keine Zeit, wir müssen arbeiten, ich komme später wieder«, sagt der Zöllner wörtlich und verschwindet mit meinem Geld und meinem Reisepaß.

Ich setze mich. Außer einer gewissen Verärgerung empfinde ich nichts; erst mit der Zeit wird mir bewußt, daß ich, wenn man so will, eigentlich öffentlich beschämt worden bin. Aber da ich in solchen Dingen schon einige Erfahrung habe, packt mich auch bei dem Gedanken keine sonderliche Erregung. Trotzdem schaue ich mich flüchtig in dem Großraumwagen um: die alleinreisende Frau in der gegenüberliegenden Sitzreihe, von der ich durch einen ziemlich breiten Gang getrennt bin, ist in ihre Zeitung vertieft; die weiter entfernt Sitzenden dürften nichts bemerkt haben; länger als zwei Minuten kann die ganze Sache kaum gedauert haben; außer mir und meinem Zollinquisitor – dessen Kollegen zudem mit den übrigen Reisenden beschäftigt waren – kann also niemand wissen, was sich in Wirklichkeit zwischen uns abgespielt hat.

Was kann mir passieren? »Wird man mich im Namen des französischen Volkes öffentlich enthaupten?« Den Reisepaß müssen sie mir, bevor wir die österreichische Grenze erreichen, ja wohl zurückgeben. Mit dem Verlust der dreitausend Schilling dagegen muß ich mich abfinden. Ich kann nicht behaupten, daß ich bei dem Gedanken in Tränen ausbreche. Tatsache ist, mein Verhältnis zum Geld zeichnet sich nicht durch übertriebene Leidenschaft aus. Auch wenn diese Einstellung oftmals von Übel ist, im Augenblick genieße ich eher ihre Vorteile. Und in Wien habe ich Freunde, die mir, wenn nötig, mit Vergnügen aus der Klemme helfen.

Wieso aber habe ich nur eintausend Schilling angegeben

(die ja allem Anschein nach kein minder schweres Vergehen sind als die gesamten viertausend)? Ich weiß es nicht. Ich zerbreche mir darüber gründlich und redlich den Kopf und finde trotzdem keine Antwort. Ich weiß es nicht. In diesem Zöllner war keine Liebe: aber das kann doch wohl der Grund nicht sein, und überhaupt, wo ist der Zöllner, der für seine Klientel Liebe hegte. *Warum, warum haben Sie auf die Leiche am Boden geschossen?* Warum habe ich nicht gleich die gesamten viertausend angegeben? Ich weiß es nicht. Ich schaue tief in mich hinein. Ich darf behaupten, in der Selbstprüfung eine gewisse Übung zu besitzen. Trotzdem weiß ich es nicht. *Auf Ehre und Gewissen, Katja, ich weiß es nicht.*

Ich nehme die Zeitschrift wieder zur Hand und lese in dem überwältigenden Tagebuch von Dalí weiter. Ich versuche, den engen Zusammenhang zwischen Fäkalien und Gold zu verstehen, der sich Dalí und, wie ich erfahre, auch Psychoanalytikern zufolge nachweisen läßt. Doch so sehr ich mir den Kopf darüber zerbreche, auch das verstehe ich im Grunde nicht, andererseits sympathisieren meine Gefühle irgendwie mit diesem meiner Rationalität nicht zugänglichen Gedanken, sie sagen mir, jawohl, ein solcher Zusammenhang existiert. Wer diesen Zusammenhang durchschaut und die enge Beziehung zwischen Fäkalien und Gold nicht nur versteht, sondern sich mit kreativem Triumphgeschrei zunutze macht, der wird reich werden wie Dalí. Klar ist aber auch, daß diese Luzidität vollkommen unabhängig ist von Genialität, wenn nicht sogar diametral entgegengesetzt. Nun wäre ich nur wirklich neugierig, welche von Dalís wahrhaft genialen Leinwandwerken durch seine, wenn ich so sagen darf, unbeschmutzte, reine Genialität inspiriert worden sind und welche durch seine an die Tätigkeit des Darms gekoppelte, ständig auf dessen Entleerung lauernde, gierige Börse; jedenfalls wird sein Leben, auch wenn er es wie einen unbeschwerten Triumphmarsch erscheinen läßt, trotzdem nicht immer nur heiter gewesen sein, denke ich bei mir.

Komárom und auch Győr liegen bereits hinter uns, die Zeit vergeht wie im Flug: wo bleibt mein Reisepaß? Allmählich mache ich mir Sorgen, wenn auch nicht so sehr, wie der Betreffende oder sogar die Betreffenden wahrscheinlich erwarten. Endlich taucht der Mann auf. Eiliger als zuvor und mit finsterer Miene. Er verlangt den verbliebenen Tausender von mir; und statt mir dann meinen Reisepaß wiederzugeben, läßt er mich wissen, daß ich in Hegyeshalom aus dem Zug aussteigen müsse. Überrascht und unbeholfen erhebe ich Protest. Das interessiert ihn nicht. Er sagt mir das auch freiweg. Statt der »deklarierten« eintausend Schilling habe er viertausend bei mir gefunden. Bedauerlicherweise. In Hegyeshalom am letzten Waggon treffen wir uns, eröffnet er mir; und das ist bereits eindeutig ein Befehl. Und damit verschwindet er.

Eine Weile sitze ich auf meinem Platz wie gelähmt. Der präzise Ausdruck wäre: wie jemand, der eins über den Schädel bekommen hat. Dann springe ich plötzlich auf. Ich spüre, wie der Zorn in mir nur so lodert, jenes Feuer, das das Leben und die Aggression anheizt. Ich reiße meine Tasche vom Gepäcknetz herunter und stürme polternd durch den ganzen Zug, in den hintersten Wagen. Im letzten Abteil, hinter zugezogener Glastür, sitzen die grauen Männer. Offensichtlich in bester Stimmung. Auch meinen Mann entdecke ich sogleich. Ein kurzes Anklopfen, dann reiße ich die Tür auf. Sie verstummen, schauen mich mit unverhohlener Verachtung an. Mein empfindsames Herz durchfährt ein Stich. Als praktizierender Künstler liebe ich den Applaus naturgemäß mehr als den Haß. Aber mein Gott: diesmal trete ich eben in einer üblen Rolle auf. Mein nächstes Handikap, ich bin nicht imstande, in einer feindseligen Atmosphäre besonnen und zusammenhängend zu argumentieren, und meine Stimme wird obendrein nicht etwa laut vor Aufregung, sondern sie versagt mir eher. Also stammle ich wieder etwas von meinen Verpflichtungen in Wien: das interessiere ihn nicht, wiederholt der Mann; ich fordere ihn auf, mir meinen Reisepaß und die eintausend Schilling zurückzugeben, und biete ihm an, die restlichen dreitausend hier zu hinterlegen, denn ich komme ja, wie meine bereits gelöste Platzkarte beweise, morgen mit dem Abendzug zurück, dann könnten wir die Angelegenheit bereinigen; die dreitausend Schilling, erwidert der Mann lächelnd (wenn auch keineswegs freundlich), müsse ich auf jeden Fall hier hinterlegen, da sie nämlich beschlagnahmt seien, zusammen mit den restlichen eintausend und dem Reisepaß; und er wiederholt die ermüdende Tatsache von der Differenz, die sich zwischen der von mir deklarierten und der von ihm bei mir aufgefundenen Summe ergeben habe. Darauf fällt mir nichts Besseres ein, als ihn zu seinem grandiosen Fang zu beglückwünschen: es sei ihm gelungen, mir viertausend Schilling abzunehmen, wo ein jeder doch weiß, daß Leute, die gewiefter sind als ich, unterdessen Millionen verschieben. Sofern ich Kenntnis von einem solchen Fall hätte, könne ich Anzeige erstatten, so der Mann, vorerst jedoch solle ich nicht andere verleumden, schließlich habe man *bei mir* dreitausend Schilling mehr als »deklariert« gefunden. Eine würdige Antwort, zweifellos. Ich merke, damit habe ich den Becher bis zur bitteren Neige geleert, kein einziger Tropfen ist mir erspart geblieben. Ich zerre die Abteiltür zu und warte auf der hintersten Plattform des letzten Wagens mit wachsender Ungeduld darauf, endlich Hegyeshalom zu erreichen.

Hegyeshalom! Ein Symbol für Jahrzehnte: *in hoc signo vinces* – galt auf dem Weg hinaus; und als Sinnbild für universale Inschriften wie: *Ihr, die ihr eingeht, laßt hier jedes Hoffen! – Arbeit gereicht jedem zu Ehre und Ruhm – Arbeit macht frei!* – stand es auf dem Weg hinein. Doch in Wirklichkeit, als Ortschaft, als Bahnstation, ist es ein jämmerliches Drecknest. Stumpfsinnig trotte ich hinter den grauen Uniformen her. In einem weißgetünchten, kahlen Raum, im hinteren Teil durchschnitten von irgendwelchen Leitplanken, deren Zweck mir unbekannt ist, muß ich warten. Ich bin nicht allein; außer mir hat man noch einen Mann aus dem Zug geholt; ein Riesenkerl von ungewissem Alter, zwischen dem Gürtelriemen und dem hochgerutschten Pullover hängt ein trübseliger Schmerbauch über der Hose; das Hemd grau, die Bundjacke grau, die Hose grau; das Gesicht feist und ausdruckslos, hinter der beschlagenen Brille ist nichts zu erkennen, am wenigsten sein Blick. Als das sogenannte Protokoll aufgenommen wird, höre ich, daß er so etwas wie »Abteilungsleiter« als Beruf angibt. Er schnauft, seufzt und hüstelt, richtet seine Brille auf mich, schleicht um mich herum; alles zwecklos, ich beachte ihn nicht; ich betrachte ihn nicht als Leidensgenossen, ich möchte mein Schicksal nicht mit ihm teilen, seine Geschichte interessiert mich nicht. Tut mir furchtbar leid. In mir ist keine Liebe. Nichtsdestotrotz muß ich mit ansehen, wie er sich in plumper Weise beflissen zeigt und emsig alles unterschreibt, was zu unterschreiben ist. Schließlich ruft man ihn, und er geht hinaus. Als er dann zurückkommt, läßt er die Tür offen. In dem ungeheizten Raum fährt mir die Zugluft um Hals und Knöchel, eine mächtige Dampfwolke wälzt sich herein, draußen rangiert gerade ein Zug. Ich bitte ihn, die Tür zu schließen. Er schließt sie, ohne sie jedoch einzuklinken, der Wind stößt sie im nächsten Moment wieder auf. Mit dem Fuß komme ich gerade bis zur Tür und gebe ihr einen kräftigen Tritt. Eine Unanständigkeit, zugegeben, aber um mich herum gibt man sich ja auch nicht gerade sonderlich anständig. Ich sehe, daß der Herr Abteilungsleiter mir zürnt. Meine schlechten Manieren könnten womöglich ein schlechtes Licht auf ihn werfen, eilig versucht er, sich zu distanzieren: Was passiert ist, ist passiert, Gereiztheit hilft jetzt auch nicht weiter, tadelt er mich. Ich sei, erwiderte ich, durchaus nicht gereizt, meine Strafe schließe jedoch nicht ein, hier in der Zugluft zu sitzen und den Gestank einer rangierenden Diesellok zu schlucken.

Dann versenke ich mich wieder in das Tagebuch von Dalí. Seine Verbindung zu Nietzsche irritiert mich. Etwas, das mir übrigens schon lange auffällt: die Sensibilität der Spanier den Deutschen gegenüber. Ortega war ebenfalls Nietzsche-Schüler, und Unamuno könnte mühelos den Titel »langweiligster Schüler Nietzsches« erringen. »Nietzsche war ein derartiger Schlappschwanz, daß er an seiner Lebensunfähigkeit schließlich verrückt geworden ist, dabei gibt es in dieser Welt doch nur eine Sache, die wirklich zählt: normal zu bleiben.« Dieser Satz Dalís empört mich zutiefst. Versteht denn dieser Mensch nicht, daß gerade der Wahnsinn Nietzsches ehrenhafteste und konsequenteste Tat war? Und daß sich die Golddiarrhö niemals mit so unendlicher Fülle in seine weitgeöffnete Börse ergossen hätte, wäre Nietzsche ebenso »normal«, das heißt nüchtern und berechnend geblieben wie er, Dalí? Schließlich mußte erst einer für die Moral ans Kreuz geschlagen werden, damit andere sie dann in klingende Münze umsetzen können …

Ich kann meinen Gedanken jedoch nicht länger nachhängen, ich werde gerufen; »so sprang er dann eilig auf, um dem Zöllner in sein Büro zu folgen«. Dort sitzen sie alle, die grauen Männer. »Einer rauchte eine Zigarette, der andere blätterte in irgendwelchen Schriftstücken, der dritte blickte ihn forschend an – vor seinem umnebelten Blick begann alles zu verschwimmen, so daß Köves sie schließlich als eine einzige, dreiköpfige, sechsarmige Maschinerie wahrnahm«: meine eigenen prophetischen Worte aus dem »Fiasko«-Roman. Mein Mann, der Oberzöllner, legt mir verschiedene Papiere vor: ich solle sie lesen und unterschreiben. Was ist das? Das Protokoll, sagt er. Ich beginne zu lesen. Beim ersten Satz – er nimmt beinahe drei Zeilen ein – stockt mir der Atem. In diesem Moment überkommt, durchdringt und überwältigt mich Hellsichtigkeit. In diesem Moment weiß ich endlich genau, was mir widerfahren ist. Fast möchte ich heureka! rufen. *Alles, Alles, / Alles weiß ich, / Alles ward mir nun frei. / Auch deine Raben / hör ich rauschen* … – ja, natürlich: im wesentlichen beinhalten diese drei Zeilen, daß er, der Beamte der Zollbehörde, mich am 16. April 1991 … undsofort nach erfolgter Aufklärung über die entsprechenden Valuta- und Devisenbestimmungen, die obere Grenze der frei ausführbaren Geldmenge und die Genehmigungspflicht für darüber hinausgehende Beträge, aufgefordert habe … undsofort. Nur daß dieser Beamte mich über überhaupt nichts aufgeklärt hat.

Aufgefordert ja, das hat er, in einer Form allerdings, die durchaus nicht wie eine korrekte, den Bestimmungen entsprechende Aufforderung wirkte, sondern eher wie ein unerwartetes Verhör. Damit war die Sache schon entschieden, ein bestimmter Mechanismus ausgelöst. Seit wenigstens fünfzig Jahren, seit mein Land in den Krieg gegen die kultivierte Welt, vor allem aber gegen sich selbst getreten ist, ist noch jedes Gesetz in diesem Land – sagen wir, mit einer dreijährigen Unterbrechung – stets gesetzeswidrig gewesen. Hinter der argwöhnenden, heimtückischen Frage dieses Zollbeamten vernahmen meine Ohren das Dröhnen von Stiefeln, das Schmettern von Kampfesliedern und das Schrillen von Türklingeln im Morgengrauen, und vor meinen Augen erschienen Gitterfenster und Stacheldrahtzäune. Es war nicht ich, der auf diese Frage geantwortet hat, sondern ein seit Jahrzehnten gepeinigter, abgerichteter, an Bewußtsein, Persönlichkeit und Nervensystem gestörter, wenn nicht sogar völlig zerstörter Bürger – eher eigentlich ein Gefangener als Bürger. Selbst jetzt noch, hier, in diesem Bruchteil eines Augenblicks, bin ich bestürzt, aufgewühlt von Selbstmitleid, von der Erkenntnis, daß ich mein Leben so gelebt habe, wie ich es gelebt habe, und dieses würdelose, mörderische Leben seine bösen Zeichen so tief in meine Instinkte eingekerbt hat. Dieser Mensch hat – ich nehme an, ohne sich dessen bewußt zu sein – mich allein durch seine Verhaltensweise, durch sein Benehmen von vornherein zum Lügen gezwungen. *Das Urteil kommt nicht mit einemmal, das Verfahren geht allmählich ins Urteil über* (Franz Kafka: *Der Prozeß*).

Beinahe bedaure ich, meinen Mann, den Zöllner, nicht an meiner Erleuchtung teilhaben lassen, diese offensichtliche

Wahrheit nicht mit ihm teilen zu können. Schließlich ist auch er ein Mensch, hat auch er Instinkte. Und die Jahrzehnte haben in seine Instinkte genau das gleiche eingekerbt wie in meine, nur eben mit umgekehrten Vorzeichen. Doch da unsere Beziehung so ist, wie sie ist – euphemistisch gesprochen: amtlich, das heißt hundertprozentig entfremdet –, kann ich ihm das nicht erklären, selbst dann nicht, wenn er es zufällig verstehen würde, was ich übrigens schwerlich glaube.

Also sage ich ihm, daß ich das Protokoll in dieser Form nicht unterschreibe. Warum nicht? Weil es nicht der Wahrheit entspreche, daß er mich vor seiner Aufforderung über das Gesetz aufgeklärt habe. Das habe er sehr wohl getan, klärt er mich daraufhin auf. Gut, sage ich, ich unterschreibe, wenn ich eine Anmerkung anfügen kann. Was ich denn anmerken wolle? Daß er mir vor seiner Aufforderung keine Chance gegeben habe, mich zu besinnen und nachzudenken, so daß der nüchterne Verstand Oberhand gewinnen konnte über spontane Empfindungen. Das Protokoll werde so unterschrieben, wie es ist, oder gar nicht, lautet seine Antwort. Dann gar nicht, erwidere ich. Ein kurzes, aber gereiztes Achselzucken. Ein Unterzöllner mit blondem Bärtchen versteht sich daraufhin zu der Erklärung: »Ich bin Zeuge; ich war dabei, als du ihn darauf hingewiesen hast.« Die Erklärung überrascht mich nicht, aber ich kämpfe schon mit einem deutlichen Brechreiz. Zeugen hätten sich, seit den Prozessen der frühen Geschichte bis in die jüngste Vergangenheit, immer und für alles gefunden, werfe ich beiläufig ein. Und während ich den Reisepaß zurückerhalte, zusammen mit einer Quittung über die beschlagnahmten viertausend Schilling, füge ich noch hinzu, daß es enorm schwerfallen dürfte, dieses Land glauben zu machen, es sei frei. Das allerdings bedaure ich sofort: da ist mir ein Satz herausgerutscht, der ontologisch gleichermaßen sinnlos ist wie semantisch und zudem praktisch zu nichts führt. Viel mehr aber beschäftigt mich das, wenn ich so sagen darf, befriedigende Gefühl, daß alles, was hier geschehen ist und geschieht, Produkt meiner eigenen Phantasie ist, nach den Gesetzen meiner eigenen Phantasie geschehen ist und geschieht. Ich berufe mich erneut auf meinen »treuen Leser«, sollte das auch nur ein einziger – und dieser vielleicht sogar ich selber sein: In meinem prophetischen Roman *Das Fiasko* ist diese Szene nahezu wortwörtlich nachzulesen. Die gleiche Verhaltensweise, das gleiche Verfahren, das gleiche widerwärtige Getue mit scheinbaren Gesetzen, während sie einen von Kopf bis Fuß ausrauben und anschließend gedemütigt und mit finsteren Drohungen besudelt ins Ungewisse hinausstoßen. So wie Köves, mein sonderbares Alter ego im Roman, bin auch ich in die weite Welt hinausgezogen, um am Ende bei einer gottverlassenen, dreckigen Grenzstation dort zu landen, wo ich zu Hause bin, auf elendige, verhängnisvolle, tödliche Weise zu Hause bin. Das Leben, da haben wir es, ahmt die Kunst nach, aber nur jene Kunst, die das Leben, das heißt das Gesetz nachahmt. Es gibt keinen Zufall, alles geschieht für mich und durch mich, und werde ich meinen Weg dann hinter mich gebracht haben, werde ich endlich auch mein Leben verstehen.

Ich trete hinaus ins Freie; die Sonne scheint. Mir fällt ein, daß ich zu Hause anrufen könnte. Einmal, um dieser unwirtlichen, trocken knirschenden Sphäre zu entkommen und endlich wieder eine liebevolle menschliche Stimme hören zu können; aber auch um anzukündigen, daß ich, wider meine eigentliche Absicht, heute zu Hause Mittag essen würde. Ich finde kein Telefon. Ich schaue in den Wartesälen nach, in der Schalterhalle: nichts. Aus dem Büffet, das ebenso unbeschreiblich aussieht, wie es riecht, tapst ein untersetzter alter Herr mit feuerrotem, vor Trunkenheit seligem Gesicht heraus; ich frage ihn, wo es hier ein Telefon gibt: er weiß es nicht; in gehobener Stimmung, mit roten Augen und verklärter Miene, zieht er mit seiner Schildmütze auf dem Kopf davon. Die Frau im Büffet empfiehlt mir, aus dem Bahnhof hinauszugehen, mich hinter der Schranke rechts (oder links: ich weiß es nicht mehr) zu halten, dann erblickte ich nach etwa dreihundert Metern ein gelbes Gebäude, die Post: dort gebe es sicher ein Telefon. Ich trete aus dem Bahnhofsgebäude, und als ich die staubige Straße, den staubigen Himmel, die staubigen Häuser und die vor mir gähnenden dreihundert Meter erblicke, weiß ich, daß ich nicht telefonieren werde. Zurück in den Schalterraum, um nachzuschauen, wie ich am schnellsten nach Budapest zurückkomme. Ich frage die Frau am Schalter, ob der Schnellzug um zehn Uhr einundfünfzig, den ich dort auf der Fahrplantafel sehe, auch tatsächlich geht. Ja, sagt sie, aber das ist ein internationaler Zug. Sehr gut, antworte ich und füge eher feststellend als fragend hinzu, daß meine Fahrkarte Budapest–Wien und zurück dafür ja sicher gelte. Das schon, entgegnet die Frau, nur, wie eben schon gesagt, es sei ein internationaler Zug. Plötzlich schöpfe ich Verdacht: Was heißt das? Daß es untersagt sei, hier zuzusteigen, lautet die Erklärung. Ich weise darauf hin, daß ich zweieinhalbtausend Forint bezahlt habe für eine internationale Fahrkarte, deren erste Hälfte ich nur zum Teil, die zweite dagegen überhaupt noch nicht abgefahren habe. Ich merke, meine Argumente machen ihr keinen sonderlichen Eindruck; der nächste Zug, wie ich sehe, ein Personenzug, geht erst am Nachmittag und zuckelt dann mehrere Stunden bis Budapest; schließlich kriege ich von der Frau am Schalter den guten Rat, ich solle doch die Zöllner um Erlaubnis bitten, mit meiner gültigen Fahrkarte in den Zug einsteigen zu dürfen, für den ich diese Fahrkarte gelöst habe.

Also zurück zum Zollamt. Alle sind äußerst zuvorkommend. Ob ich nun doch nicht nach Wien reisen wolle, erkundigt sich mein Mann. Ich verstehe die Frage nicht, nach Scherzen und plumper Vertraulichkeit ist mir nicht zumute. Ich frage ihn, ob er etwas dagegen habe, daß ich mit meiner gültigen Fahrkarte in den internationalen Schnellzug zusteige; von ihm aus gebe es keine Einwände, so der Zöllner, seine Zustimmung allein reiche jedoch keineswegs aus: ich müsse auch die Grenzwache um Erlaubnis bitten. Ich entdecke ein paar herumlungernde Soldaten, einer von ihnen trägt so etwas wie ein kleines Nachttischbrettchen an einem weißen Riemen um seinen Hals. Ich trage meine Bitte vor. Leere Gesichter schweigen mich an. Langsam werde ich unsicher, mich beschleicht ein Gefühl, als hätte ich versehentlich Japanisch oder sonst eine mir selbst, vor allem aber diesen Soldaten unbekannte Sprache angeschlagen. Endlich bringt einer heraus, da müsse ich auf den Kommandeur warten. Eine gute Viertelstunde später sehe ich einen hageren, älteren Offizier mit Brille und Beamtengesicht in Begleitung einiger niederrangiger Uniformen die Schienen entlangtrotten. Ich spreche ihn an, trage meine Bitte vor. Ich spüre, daß man mir meine Mutlosigkeit allmählich anmerkt. Doch dieser

Offizier scheint zu verstehen, was ich sage. »Sie mußten aus dem Wien-Expreß aussteigen?« fragt er diplomatisch, aber streng. Jawohl, ich mußte aussteigen. In Ordnung, sagt er, er erteile mir die Erlaubnis; mit einem kurzen, sachlichen, abschätzigen Blick mißt er mich von Kopf bis Fuß, dann geht er weiter. Dennoch: ich spüre genau, in diesem Offizier ist Liebe. In Gefängnissen, Lagern und ähnlichen Orten dieser Art gibt es immer wieder einen Offizier oder Unteroffizier, der uns den Glauben an das Leben zurückgibt. Einem solchen Offizier vertrauen wir; wenn er uns verhört, lügen wir nicht, wir ersehnen seine Gegenwart uns zum Trost, und selbst wenn er uns erschießt, wissen wir, er tut es nicht aus Vergnügen, sondern weil er nicht anders kann.

Dann kommt der Zug. Ich steige ein. In einem Nichtraucherabteil zweiter Klasse bitte ich darum, Platz nehmen zu dürfen. Der Herr und die Dame im Abteil, die augenscheinlich nicht zusammengehören, verstehen kein Ungarisch: ein Umstand, den ich im Moment jedenfalls als beruhigend empfinde. Der Schaffner kommt. Für meine Fahrkarte, teilt er mir mit, müsse ich einen Zuschlag zahlen. Wieviel? frage ich sehr höflich, sehr bescheiden. Weil nämlich …, beginnt er zu erklären. Ich habe nicht gefragt, warum, unterbreche ich ihn sehr höflich und sehr bescheiden, sondern wieviel, denn möglicherweise habe ich nicht genügend Geld bei mir. Fünfhundert Forint, lautet die Antwort. Ich bin beruhigt und zahle. Der Schaffner liefert dennoch eine Erklärung; seine Mühe ist zwecklos, sehr höflich und sehr bescheiden höre ich mir alles an, aber ich verstehe es nicht, und es interessiert mich auch nicht. Hauptsache, ich muß nicht wieder aussteigen.

Gleichmäßig, beinahe lautlos gleitet der Zug dahin. Es ist still. Der Herr ist eingenickt, die Dame liest. Einen englischen Roman, wie ich am Umschlag erkenne. Reglos sitze ich da. Mein Blick fährt ein wenig oberhalb der eintönigen Landschaft am Saum des Himmels entlang, zusammen mit dem Zug; ich schaue hinaus, aber ich sehe nichts, will nichts sehen. Langsam, ganz langsam steigt die Schande in mir hoch; es setzt an den Zehen ein, dringt durch den Magen in die Kehle und strömt ins Gehirn. Ich weiß, daß mich jetzt Tage, Wochen, vielleicht sogar Monate voller Depressionen erwarten. Wieso nur habe ich angenommen, ich könne nach Wien reisen? Wieso habe ich angenommen, ich könne etwas anderes tun als bisher? Ich habe bisher wie ein Gefangener gelebt, meine Gedanken, mein Talent, mein wahres Wesen geheimhaltend, denn ich wußte genau, da, wo ich lebe, kann ich nur als Gefangener frei sein. Ich wußte genau, dass diese Freiheit zwar nur die Freiheit eines Gefangenen ist, das heißt eine Illusion; wenigstens aber – so glaubte ich – eine ehrenhafte Illusion, ehrenhafter, als in der Illusion von Freiheit doch nur wie ein Gefangener zu leben. Ich wußte um die Gefahren eines solchen Lebens, ich wußte, daß mich das Leben eines Gefangenen schließlich auch zum Gefangenen macht; daß es mich tief unter das kulturelle Niveau des Jahrhunderts zwingt, daß es meinen Horizont einengt, mein Talent aufreibt. Trotz alledem: ich wollte so leben, in dem Glauben, daß auch das doch Leben ist, ein Leben, das irgendwer – und möglicherweise gerade ich – in Worte fassen muß. Wieso habe ich also fliehen wollen oder wenigstens ein paar Tage Urlaub nehmen? Wieso habe ich geglaubt, etwas ändern zu können an diesem Leben, das ich doch schon lange betrachte, schon lange so behandle, als sei es nicht mein Leben, sondern eine harte Aufgabe, mir zur Prüfung auferlegt und dem gegenüber ich mir nur ein einziges Privileg – oder wenn man so lieber will: eine einzige Freiheit – vorbehalte: Sobald der Ekel unüberwindlich wird, setze ich ihm mit zwei Schachteln Schlaftabletten und einer halben Flasche miesen albanischen Kognaks ein Ende.

An diesem Punkt komme ich zu mir. Wir sind wieder in Tatabánya. Inzwischen habe aber auch ich meinen Weg hinter mich gebracht: und siehe da, ich verstehe mein Leben. Auch jetzt greife ich die mir entgegengebrachte Aggression – da ich nichts anderes tun kann – gierig auf wie einen Dolch und richte seine Klinge gegen mich selbst; fast aber erschrecken mich die Kraft und die bittere Lust, mit der meine Gedanken dieses Mal gleichsam Hand an mich legen, in ihrer ehrlichen Wildheit. *Alles, Alles, / Alles weiß ich, / Alles ward mir nun frei. / Auch deine Raben / hör ich rauschen …* – ja: das Maß ist voll, mehr Verletzungen vermag ich – scheint es – nicht zu ertragen. Sechs Jahrzehnte wechselvoller, wiewohl eintöniger Diktaturen und dazu diese vorerst noch namenlose Restdiktatur haben meine aus dem Dulden – zwecklosem Dulden – sich nährende Immunität zermürbt. Auf meinem restlos durchlöcherten, zum Tode verwundeten Körper, der nur noch an Nervensträngen baumelt, findet keine einzige Speerspitze, ja nicht einmal eine Injektionsnadel mehr Platz. Ich habe die Fähigkeit zum Dulden verloren, ich bin nicht mehr verwundbar. Ich bin verloren. Dem Anschein nach fahre ich mit diesem Zug, aber der Zug befördert nur noch einen Leichnam. Ich bin tot. (*Und damit sich alles erfüllt, damit ich mich weniger allein fühle, brauche ich nur noch eines zu wünschen:* daß an meinem Grab oder meiner Urne oder dem, was immer von mir bleibt, ein Zöllner, wenn auch nicht als Zeichen der Rehabilitierung, so doch wenigstens als Zeichen der Vergebung, einst eine Blume niederlegt …)

Aus dem Ungarischen von Kristin Schwamm

PÉTER ESTERHÁZY

LEBEN UND LITERATUR

Für Imre Kertész

Seit Tagen schmerzt mich der Rücken, das Kreuz, nicht stark, nicht unerträglich, aber unablässig. Das ist schwer zu ertragen, besser gesagt, was sich mit Sicherheit und ohne Selbstmitleid feststellen läßt, das ist, daß ich schwer zu ertragen bin. In letzter Zeit häufen sich diese leichten Schmerzen bei mir, unangekündigt und mit der Eigenart der Lebensführung nicht erklärbar, also nicht als Folge von in vermessener Zuversicht verantwortungslos angefachten, meinem Alter nicht mehr angemessenen oder nach Meinung mancher unangemessenen Bewegungen, das heißt, nicht auf irgendwie verständliche Weise, sondern wie ein faules Geschenk des Himmels, ohne Grund und Zweck, ich würde nicht einmal sagen, die Brüchigkeit der Welt verkündend; diese Schmerzen verkündeten gar nichts, dazu waren sie zu leicht, unerheblich, es floß kein Blut und brach kein Knochen, es riß kein Muskel, und nichts schwoll, was anschwellen kann, das höchste, was aus dem Übel herauszuholen war, ist ein nebulöser Hinweis auf eine einkalkulierbare Knochenhautentzündung oder eine ironische Anspielung, wie in den besseren englischen Romanen liege hier ein Fall von Gicht vor, »als ob ja« ich dieser englische Roman wäre, der hier.

Sagen wir einfach so: früher bekam ich einen Tritt verpaßt, und da tat es weh. Jetzt aber tut es nur noch weh, und darin liegt, trotz aller Geringfügigkeit, etwas Furchtbares, denn wenn es so wenig Grund gibt für den geringfügigen Schmerz, dann könnte es »bei soviel Aufwand« auch ein großer Schmerz sein, ein großes Übel, was wiederum, weitergehend (»weiter gehend«), auch bedeutet, daß der große so ist wie der kleine, der große klein, der kleine groß, und es ist wohl lächerlich, aus einem belanglosen, wenngleich naturgemäß stetig zunehmenden Muskelkrampf (ich gehe und sitze krumm, deshalb krampft es und krampft, deshalb gehe und sitze ich noch krummer) oder einem sogenannten eingeschlafenen Hals bis hin zum Tod zu laufen (doch wenn etwas uns keine Beschränkung auferlegt, dann ist es die Lächerlichkeit; obzwar das Lob der Lächerlichkeit mittlerweile der Vergangenheit angehört), wir laufen bis zum Tod, bis zum kleinen Tod, dem Tod ohne Großartigkeit, der wie eine Knöchelverrenkung ist, das heißt nirgendwie, jedoch ewig, und unter der Oberhoheit des ewigen Nirgendwie zu stehen … nun, dann ist ein Rückenschmerz, ein nicht starker, erträglicher, aber unablässiger Rückenschmerz wohl Grund genug, daß man den ganzen Tag, nicht stark, aber unerträglich und unablässig, knurrig ist.

Über dieses Knurrigsein sollte man nicht viel reden, aber ich vermerke, ich bin ein guter Knurrer, ein talentierter, ich finde sofort die Sachpfeiler des Knurrens und schlage wild und schonungslos zu wie eine Essigfliege, ich komme wieder und wieder auf die Motive zurück, wiederhole sie und umjammere sie, bis der allemal verdächtige Auslöser der Knurrigkeit (wenn nämlich das Knurren von etwas gut Definierbarem ausgelöst wird, braucht man nicht zu knurren, soll man nicht knurren, sondern, sondern darüber jetzt nichts Näheres) erlischt, und dann hebt sie sich beinahe schon in den archaischen Raum des Weh und Klagens, fast schon, denn in Wirklichkeit hilft auch dieser poetische Hebel nicht, es bleibt bei der Geringfügigkeit des Selbstmitleids, das Knurren vermag nie über seinen eigenen Schatten zu springen.

Im Gegensatz zum Menschen, nicht wahr.

Damals spielte in meinem Leben keinerlei echte oder imaginäre Treppe eine Rolle, ich schritt nicht auf breiten Stufen immer höheren Gipfeln entgegen, und ich kullerte auch nicht schändlich die Stufen hinab, und ich wohnte in einem Haus mit einem Garten drum herum, dennoch waren die Kreuzschmerzen so und solcherart, wie wenn sich uns unvermutet eine Stufe mehr unter die Füße drängt, und wir ächzen. Dieses Ächzen spürte ich im Kreuz, einen unklaren Schmerz, den ich weder mit Muskeln noch mit Knochen (namentlich dem Rückgrat) in Verbindung bringen konnte. (Nebenbei bemerke ich, daß das ungarische Wort für das Rückgrat an verblüffende neue Bewegungen denken läßt und spöttische Grimassen schneidet; wenn wir es in einen vernünftigen Text setzen, schlägt es kleine Wellen, keine große Sache, ein Sturm im Wasserglas, aber amüsant, ähnlich wie seinerzeit das Genosse. Denken wir uns dieses Wort – erfinderisch – in eine sensible Landschaftsbeschreibung oder die Schilderung eines Mittagessens! Das ist keine boshafte Bemerkung, und ich möchte zwischen den beiden Wörtern keine Parallele ziehen, gleichlaufende Linien, die sich vor meiner Nase treffen, ich meditiere nur über das flatterhafte Naturell der Wörter. Das Genosse hat mittlerweile eine pathetische Patina angenommen, ein Gepräge, als ob es, sagen wir, aus dem Munde Péter Apors käme, nein, es ist komplizierter, denn es hat obendrein, wenn auch in zweiter Linie, eine Bedeutung, die Patina ist also wie auf der ungarischen Schokolade jener schimmlig-bleiche Belag, von dem die kommunistische Schokoladenfabrik uns auf einem kleinen Zettel versicherte, die Farbveränderung sei, geben wir es zu, eine Bereicherung, sie bedeute keine Qualitätsverminderung, gereiche uns nicht zum Schaden; welch Glück! Denken wir uns einen zwanzigjährigen Jüngling, der sich, schon lange nach einer Serviererin im McDonald's schmachtend, schließlich aufrafft und etwas in der Art fragt, wann die Genossin fertig werde oder ob die Genossin nicht immer ins Toldy gegangen sei, denn seiner Erfahrung nach seien so ziemlich alle besseren Mädchen ins Toldy gegangen. Dieser Jüngling ist nicht total meschugge und auch kein gerissener, verschlagener Schöntuer. Gut, können wir sagen, eine Fiktion. Aber nichtsdestoweniger verhält es sich so, daß das Wort keine Bedeutung hat, es gibt nur den Wortgebrauch, und derzeit haben wir gerade vom Gebrauch keine gemeinsamen Vorstellungen.)

Nicht mir kam »der fruchtbare Gedanke«, ich solle einen Abend in X. verbringen, ich war eingeladen von dem Verlag, der sich liebevoll für die fremdsprachige Existenz meiner Bücher einsetzt, mein Verlag, könnte ich in der Sprache einer untergegangenen Welt sagen, aber so empfinde ich es wirklich, ich habe den kaum glaubwürdigen Eindruck, daß sie interessiert, was ich mache, *sie warten darauf*, sie warten auf mich, und ich kann mir sicher sein, wenn ich so sein werde, wie ich bin (und dessen kann ich mir natürlich niemals sicher sein, und da haben wir noch gar nicht vom Ineinandermünden von Objekt und Subjekt in diesem Jahrhundert gesprochen), kurz, daß sie sich dann freuen werden, auch dann, wenn diese Freude, die so in der Welt sich häufende Freude, nicht in der Auflagenhöhe zum Ausdruck kommt. Immerhin, eine kleine Auflage trübt die Freude zwar nicht, aber eine große erhöht sie. Das allerdings überraschte mich. Was? Daß der Schriftsteller Schriftsteller und der Verleger Verleger ist? Nicht nur (obzwar jegliche solche Identität eine handfeste Überraschung ist). Eher, daß hier die Welt nicht entzweigesprengt ist in Privat und Dienstlich, der Verleger ist (als Mensch sozusagen) immer Verleger, den lieben langen Tag und die liebe lange Nacht und noch in seinen Träumen, genauer, er ist der, der er ist und dessen Der-er-ist-Sein sich mit dem Ende der Arbeitszeit nicht verändert, was keineswegs bedeutet, daß seine Gefühle geschäftlich seien, sie sind überaus real, dieser Mensch mag mich nicht, weil er einen Diamanten gefunden hat, der bescheidenerweise ich wäre, andererseits hätte er mich niemals gefunden, wenn ich nicht die mit einem charakteristischen Atomgitter ausgestattete, in einem regelmäßigen System kristallisierte Modifikation des Kohlenstoffs wäre. Von selten schöner, lebhafter Farbe. Das härteste Mineral. Ich brachte dem Leiter des Verlags, Dr. *, von Anfang an freundschaftliche Gefühle entgegen, und sie wurden erwidert, was, sagen wir es so, über fünfunddreißig an sich schon selten ist, wenngleich es einem Menschen meines Schlages öfter als dem Durchschnitt passieren mag, da meistens, oder eher beim ersten Anlauf, sinngemäß, nicht er gelesen wird, sondern seine Bücher, und oh! die Bücher, manches Buch verknöchert nicht so an seinem eigenen Leben wie der Herr des Universums, der Mensch. Beschämt von der so auflodernden Zuneigung, trotten wir unseren eigenen Gefühlen hinterher.

Aber kann man mit einem solchen Kreuz überhaupt irgendwohin trotten?

Dürfen durfte man gar nichts. Hauptsächlich sitzen durfte man nicht, ferner stehen, liegen und gehen, aber hauptsächlich sitzen. Nicht daß ich mich dem Blick eines Feldschers dargeboten hätte, das Primitive meines Verhaltens wird durch das Konsequente meines Verhaltens erschwert, nicht gelegentliche Verantwortungslosigkeit oder Faulheit, sondern eingefleischte Torheit ist der Motor meiner Untätigkeit; wer sucht, der findet, sage ich mir wie ein altes Weib, und ich wende an, was die Weisheit alter Beamtenzeiten anempfiehlt (ursprünglich, glaube ich, in Sachen Steuererklärung): nicht fragen, nicht melden. Freilich, wenn dann die Krankheit fragt und das Siechtum meldet, sind diese Spannungen zwischen der Medizin und meinem Zivilisationsgrad dem Ende nahe.

Die Ratschläge bekam ich im Sommer von einem abgefallenen Sportarzt, mit dem wir Urlaub machten, denn damals tat es aufs Haar so weh (was *jetzt* beruhigend ist), er erklärte mir meine grundlegenden Zusammenhänge, und ich hing an seinen Lippen, mich beruhigt, wie jeden Kranken, der vernunftgemäße Handschlag von Ursache und Wirkung, beglückt vernahm ich, jetzt sei die Lage – meine Lage – die, daß die Arbeit gewisser Muskeln notgedrungen von den Bändern gemacht wird, darüber war ich besonders froh, es klang so schicksalhaft, daß zwangsläufig Bänder an den Platz der Muskeln getreten waren, meine Bänder an den Platz meiner Muskeln, überhaupt Bänder zu haben stimmte mich schon froh, daß ich bebändert bin wie der Hut Gottes (an dem ich das Sträußchen wäre, auf diese Weise die schier ewige Zwietracht zwischen Vaterland und Fortschritt überwindend), sie sind meine treuen Diener, und wenn sich ein Fehler in das Dienen schleicht, und jetzt hat sich einer eingeschlichen, ich kann kaum noch gehen, ich schleiche und krauche, dann ist sehr wohl die Frage nach meiner persönlichen Verantwortung zu stellen, ich bin es, der, langer Rede kurzer Sinn, ohne jede Absprache Hals über Kopf altert. Wohin-wohin, mein kleines Herrchen? fragen die Bänder. Und mein Ich erwidert: Ich gehe in die Binsen, mein lieber Diener.

Soll ich schleichen? Soll ich krauchen? Denn so sehr weh tat es nun auch wieder nicht. Aber es tat weh. Und es kann schlimmer werden. Kann grimmig werden! Wie gewöhnlich tat es mir um die Zeit leid, eine lächerliche Knauserei. Knausrigkeit ist im allgemeinen kein gutes Zeichen, auch mit der Zeit muß man großzügig umgehen und ihr zugleich demütig dienen, ihr mit krummem Rücken vors Angesicht treten, ihr jeden dreckigen kleinen Wunsch erfüllen. Und man muß nicht, es geht nicht anders. Ich bewegte mich vorsichtig, furchtsam, so langsam, als wäre ich eine riesige Schneeflocke oder ein bunter Luftballon am Ersten Mai, ein mit Kummer gepolsterter Luftballon. Und bewegen mußte ich mich, weil ich gerade räumte, mein Zimmer war umzuräumen, das heißt, jetzt nannte ich das Arbeit, zu Recht, nachdem mein letztes Buch fertig war, suchte ich die Struktur der neuen Ordnung, die neue Struktur meines Zimmers. Das ist keine einfache Aufgabe, man muß Köpfchen haben und obendrein auch noch Staub wischen. Oje, wieviel muß schon wieder! (Mußterknabe, würde ich sagen, wenn ich nicht wüßte, daß ihr mir den Fehler ankreidet.)

Ich habe seit Tagen nichts gemacht, dachte ich und verzog das Gesicht, ich habe einen schlechten und spannenden amerikanischen Roman gelesen und mich am laufenden Band geärgert, daß ich so leicht den Rücken beuge (!) vor dieser Ambivalenz, ich nehme zur Kenntnis, daß mir das Buch nicht gefällt, aber es interessiert mich, es gefällt mir nicht im geringsten, billige Finten in schlampiger Sprache, es interessiert mich nicht sehr, aber doch genug, daß ich wieder und wieder weiterlese. Nicht aus der Hand zu legen, deutlich ausgedrückt.

Ich komme nicht, telefonierte ich meinen Einladern entschlossen, *es sei denn* … Am anderen Ende der Leitung wußten sie, mit wem sie es zu tun hatten, ihnen kam gar nicht die Idee, zu fragen, also dann ja oder nein, meines Erachtens ist das eben ein Verlag, dessen Autoren außerstande sind, mit Ja oder Nein zu antworten, während sie hemmungslos mit dem Kopf nikken, wenn sie lesen, ihre Rede sei ja, ja, nein, nein. Auf dieses Es-sei-denn läßt sich ein Verlag aufbauen. Tu es, Petrus, und ich werde auf dieser Sumpfwiese … Das erschwert natürlich die Organisation, es erschwert vielen Menschen das Leben, Männern und Frauen, dort im Verlag, ich hörte das Seufzen, na gut, wenn ja, dann informieren sie darüber das Hotel, über diesen Unsicherheitsfaktor, und in der Tat, bei der Ankunft hellte sich die Miene des Zimmermädchens auf, oh, prächtig, Sie sind wieder gesund! Und ich nickte müde, wie zurückgekehrt aus weiter Ferne, wie einer, der in eine Tiefe geblickt hat und dem es noch vor den Augen flimmert. Der Preis für diese Vision war ein Zimmer im Souterrain. Auch das fiel mir ein an dem festlichen Abend, wieder dieses nuancierte, verfeinerte Verhältnis zum Geld, es ist dies nicht das Verhältnis des armen Mannes oder des reichen Mannes, es ist das des Bürgers, der abwägt, was ja und was nein, und wenn ja, dann ja, dann ohne Zurücknahme, Halbierung oder Drittelung, wenn der Leiter des Verlags fünfzig ist, dann lädt man die Autoren ein, inklusive Reisekosten, und wenn man von dem einen oder anderen Betroffenen weiß, daß, wenn er kein Fanatiker, so doch ein großer Verehrer der Austern ist, ein ernsthafter Verehrer dieser Delikatesse, dann werden sie auf großen ovalen, eisigen Platten auch dort sein, die »vornehmen Botinnen des Ozeans«, osterea edulis, in venezianischer Mundart: osteriga, nur in den Plural kann ich sie nicht tun. Vor dem Eingang zur Verlagsvilla standen im abendlichen Park die Tische mit den Austernplatten, und wir kamen ohne Jacken heraus, um den Abend sozusagen offiziell zu beginnen, rundherum im Kreise stehend, immer durchgefrorener, bibbernd. Schau an, sie haben, fiel mir da ein, nicht nur dem Hotel Bescheid gesagt, sondern auch den Austern. Dabei ist Auster nicht Pflicht. Aber die Großzügigkeit ist vollständig und nicht auftrennbar, wenn wir sie auftrennen, zerreißt das Ganze, denn Auster ist sehr wohl Pflicht, wenn das jemandem dort gewißlich Freude bereitet, denn wäre Auster nicht Pflicht, dann wäre auch die Festlichkeit nicht Pflicht, dann könnte die Zeit zeichenlos über Dr. * hinweggehen, es wäre strenggenommen kein Versäumnis, ein jeder täte seine Arbeit, der Schriftsteller schriebe, der Verlag verlegte ihn, wir haben doch vorhin erst über diese seltene Identität triumphiert, und wenn uns nach Austern zumute ist, dann kaufen wir uns welche, vorausgesetzt, die Auflagenhöhe gewährleistet dafür den finanziellen Hintergrund.

Die Schmerzen hörten nicht auf, sie nahmen nicht ab und nahmen nicht zu, sie erinnerten den Erinnernden an die Ewigkeit, jene mittlere Ewigkeit. Aus Portugal kam die einstige heimliche Geliebte von Miklós Szebek, ich weihte sie unverzüglich in mein neuestes Ungemach ein, Olgitza, ich redete mit ihr wie mit einer jungen Frau und alten Bekannten, wegen Miklós Szebek fühlte ich sie mir *sehr* nahe, Olgitza, mein Rükken ist futsch, woraufhin sie nickte und mich wissen ließ, sie sei eine professionelle Masseuse, *als solche* hinnehmbar, das Rückgrat der zweiten und dritten Generation um die Zeitschrift *Nyugat* singe das Lob ihrer Hände.

Olga erinnerte mich am ehesten noch an einen schwarzen Vogel, einen Raben oder etwas Ähnliches, eher noch eine Krähe, eine glänzende, elegante, gebildete Krähe. Ziehen Sie sich aus, sagte sie energisch statt eines Grußes, ich zog mich aus, noch mehr?, sie nickte, meine Angehörigen standen an der Wand und guckten bange zu, wie eine fremde Frau ihren Vater und Ehemann dazu bringt, daß er sich auszieht.

Wir zogen das Bett in die Mitte, damit Olga rundherum überall Platz hatte, ich legte mich auf den Bauch (wobei ich ihn einzog). Sie hatte tatsächlich feine Hände, sie fand sofort die verspannten Muskeln, »die alten Sünden«, sie summte um mich und fummelte an mir herum, ich fühlte mich behaglich, schloß die Augen und stellte mir vor, ich wäre Miklós Szebek.

Am Morgen darauf registrierte ich eine leichte Besserung. Aber das sprach jetzt eher gegen das Reisen, ich hatte den toten Punkt hinter mir, an die Stelle der grauen Ewigkeit trat die sofortige Heilsverheißung, alsbald werde ich mit geradem Rücken leben, stolz und stattlich wie alle anderen. Das wollte ich nicht aufs Spiel setzen. Und da war noch etwas anderes, ein Körnchen Ungewißheit nämlich in dem Ganzen, wohin nämlich schleichend und krauchend trotten, welchen Gefühlen zu, oder kann man, besser noch, auf Zuneigung zu trotten, ist es nicht nur irgendeine Höflichkeit, eine formale Höflichkeit, in deren Netz man sich in der westlichen Hälfte Europas ohnehin leicht verfilzt, und so verfilzt fühlt man sich ganz schön durcheinander in der unbekannten, verwirrenden Zweideutigkeit des unpersönlichen Persönlichen. Oder ich weiß nicht.

Aber nun weiß ich es doch; ich habe es erfahren. Daran dachte ich auf der Rückfahrt, leicht verkatert vor mich hin dösend, im Zug: daß mir etwas klar geworden war. Das Kupee voll besetzt, mir gegenüber ein Landsmann, ich erkannte es an der Aussprache, hatte aber keine Lust, meine nationalen Wurzeln aufzudecken, wenngleich ich diese meine Mimosenhaftigkeit mimosenhaft verachtete, wenn auch nicht haßte. Ich hatte keine Lust, mich mit ihm zu unterhalten; als er sich über eine Büchse Rindsleberpastete hermachte, sah ich meine feindselige Vorsicht bestätigt.

Es liegt, nein, lag, es lag im Persönlichen jenes Abends etwas Unpersönliches, doch es war nicht so, daß sich die Zeit im Laufrad des Formalen bewegte, es existierte durchaus eine Art Struktur, auf die Schnelle würde ich sagen, die Bücher, unsere Bücher waren das Fundament, über das sich der Abend wölbe. Nicht daß dort jeder jeden von A bis Z gelesen hätte, wir waren nicht unbedingt einer der Sklave der Kunst des anderen, es wäre gar nicht gesund, *sovielmal* Sklave zu sein, dennoch lieferten diese Bücher (Attribute weggelassen) das Gemeinsame, das in der Person des Dr. * gewissermaßen Gestalt annahm, in ihm zusammengefaßt wurde, im Feiern seiner Jahre, darin, daß nun bereits fünfzig Stück Jahre sein Gewissen belasten, und zu dessen Beißen – denn was sonst könnte das Gewissen *nach einer Zeit* machen – auch wir hinzugehören, Männer, Frauen, an die zwanzig, fünfundzwanzig. Mein Reisegefährte zwängte die Rindsleberpastetenkonserve auf. Irgendwie massakrierte er sie, ich hielt der Konserve den Daumen, aber wir verloren. Große, eiterartige, gelbe Fettstückchen beziehungsweise kraterförmige Grübchen saßen an der bräunlichen Oberfläche. In der Fischschüssel am Vorabend hatte ausdauernde Aufmerksamkeit auch Rosinen und Mandelstücke gefunden. Das hab ich gemacht, behauptete eine Frau neben mir, die Maya hieß, ein Rezept meines Vaters. Ich stellte mir ihren Vater vor, stellte ihn mir als guten Vater vor, wenn sich solches überhaupt vorstellen läßt. Darauf gehe ich jetzt nicht näher ein. An einem ungeschützten Punkt des Abends sagte Maya zu dem Mann, der ihr gegenübersaß, deine Schulter ist kalt, und hinüberlangend berührte sie die Schulter des Mannes. Der mir übrigens vorher gestanden hatte, er wisse sehr wohl, daß er *kürzere* Sätze schreiben müßte, darüber sei er sich im klaren, nur stehe zu befürchten, er befürchte also, dazu sei er nicht fähig. Und ob ich nicht meine, daß es »irrsinnig komisch« sei, wenn bei Kafka der Landarzt zum Kranken ins Bett kriecht. Jemandem die kalte Schulter zeigen, den Ausdruck kennt nur das Deutsche. Eine Ungarin hätte sinngemäß von einer halben Schulter gesprochen und sich nicht vom Fleck gerührt. Einzig und allein also, weil jemandes Muttersprache das Deutsche ist, rührt er uns an. Wer hätte das geglaubt? Erotik der Grammatik. Eine mollige, dunkle Frau. Ich betrachtete ihre Schenkel. Wenn sie den Arm sinken ließ, füllte sich ihre Bluse an der Achsel. Sie hielt das Glas mit abgespreiztem kleinem Finger. War das Vorschrift? Stand es in einem Buch über Körpersprache? Es ist bewiesen, sagte der Mann, daß atomare Strahlung die erotische Bereitschaft erhöht. Und daß deswegen in Tschernobyl viele Partnerbeziehungen in die Brüche gegangen sind. Sowie auch irgendwo in Bulgarien. Kozloduj, sagte ich, aber es schien, sie hörten es nicht. Das Fischrezept Ihres Vaters ist fein. (Auch das band mich an den Verlag, daß sie Speise und Trank nicht auf die leichte Schulter nahmen, ihnen nicht die kalte Schulter zeigten. Die unheilvolle Unschlüssigkeit in Sachen entsprechender Weine, die unerbittliche Kontrolle der Korken, diese ganze parodistische Feinschmeckerei ist wenigstens so wichtig wie gewisse poetische Einverständnisse.) Was hast du, fragte Maya. Nichts, sagte er, ich verstehe nichts. Sie streichelte seinen Arm. Verstehst du das? Nein, sagte er. Und das? fragte sie und drückte seine Hände an ihre Seidenbluse. Das noch weniger, sagte er und stand auf. Spinner, sagte sie weich. Katzenzeug! rief er.

Das feine, leise und zarte Gefühl des Zusammengehörens, murmelte ich im Kupee. Mein Landsmann aß gefüllte Eier. Jemand hatte ihm sichtlich Proviant eingepackt. Wer? Ich blickte aus dem Fenster; Gewissensbisse als Reichtum, sann ich. Aber nun lasse ich jenen Abend in X., betrachten wir schön der Reihe nach die Elemente von Leben-und-Literatur (so, in einem Wort).

Wie es meinem Rücken gehe, erkundigte sich Olga telefonisch am Morgen des Tages meiner im Grunde bereits verschobenen Reise. Um sieben Uhr morgens habe ich keinen Rücken, brummte ich. Schweigen. Mein Sohn ist gestorben, sagte sie dann. Schrecklich, antwortete ich zuvorkommend und setzte mich im Bett auf. Nicht doch schrecklich. Wieso denn? Er ist endlich gestorben.

Sofort schämte ich mich, *wie sehr* ich sie nicht kannte. Dabei hatte sie mich massiert. Diese Distanz, die zwischen dem Massieren und dem »endlich gestorben«, zeigte sich wie etwas Schlechtes, ein auf mich bezogenes und mich bewertendes Schlechtes. Er war so alt wie Sie. Schon lange fällig. Sein Hirn war so groß wie bei einer Taube. Und seine Knochen aus Glas. Ich wagte nicht zu fragen, wie das sei, dabei interessierte es mich, aber es wäre mir schäbig vorgekommen, mein Wissen gerade aus einem so tragischen Anlaß zu bereichern. *Er ist ohne mich gestorben*, während ich Sie behandelte. Das sagen Sie, als ob ich was dafür könnte. *Irgendwie kann man immer ein bißchen dafür*, sagte sie mild, und sie setzte hinzu: Dämlack.

Das ist ein Wort meiner Mutter, und ich mag es nicht, wenn ein anderer es benutzt, es usurpiert, genauer, ich mag es durchaus, ich schließe die Augen und schaue bis ans Ende der Welt. Wo meine Mutter gerade vorwurfsvoll abwäscht. Oder siebzehn ist und tanzt. Oder irgend etwas, das sie ist. Es war das erste Mal, daß mich jemand usurpierte. Mit geschlossenen Augen entschied ich unvermittelt, doch zu reisen. Schon die Entscheidung selbst, zu entscheiden, vor allem aber die Möglichkeit des Reisens erfüllte mich blitzartig mit dem berauschenden Gefühl der Freiheit, als ob nach Wien fahren zu können anders sei als nach Pécs. Doch nach Pécs zu fahren kann ich mich an jedem beliebigen Morgen meines Lebens entschließen. An jedem beliebigen Morgen dennoch nicht. Zur Zeit der Zwangsaussiedlung brauchte man eine Genehmigung, um das Dorf zu verlassen. Wie später zum Verlassen des Landes. Soll ich die Augen zumachen und auf einmal am Ende der Welt sein? Die Freiheit will alles (und kann doch, haha, nur den Tod wollen), sie mißt nicht, sie wägt nicht, sie freut sich nicht, daß sie jetzt mehr was-denn-gleich ist als damals und hier auf jeden Fall mehr was-denn-gleich als dort (deshalb war zum Beispiel die sog. »fröhlichste Baracke« nicht freudenreich), die Freiheit kennt, wie die Musik, keine Grenzen. (Auch schlechte Sätze muß man zu Ende bringen, um sie dann streichen zu können. Sei, auf daß ich dich tilgen kann, beispielsweise.)

Was das Reisen betrifft, wer wollte die Notwendigkeit solcher gelegentlicher Orts- und Luftveränderung denn auch in Zweifel ziehen, ist sie doch nicht nur der Gesundheit förderlich, sondern auch der Kreativität allgemein, jener ständigen Betriebsamkeit der Seele (motus animi continuus), die – wenigstens bei mir – augenblicklich sozusagen einen jubelnden Aufschwung nimmt, sobald ich die Grenzen dieses Landes überschreite. Ich bin ein schlechter Reisender, auf Reisen verliere ich mich und bin, um Vergebung, wie ein verkleideter Fürst, und ein verkleideter Fürst zu sein – nun, das führt nirgends hin. Der Vergleich ist nicht gut; im Kopf habe ich es eben mit König Matthias versucht, daß ich so einer wäre, aber das ist auch nicht besser. Jedenfalls inkognito. Wenn ich auf Reisen bin, stelle ich mich beispielsweise ungern vor. Lieber sage ich, mein Name ist Richard Baradlay. Oder Péter Enzensberger. Wenn alle Stricke reißen: Miklós Szebek. Ich reise, aber ich rühre mich nicht. Oder um vorzugreifen in der Geschichte (oder zurück in der Literatur), auf Reisen ist keine Liebe in mir. Ob es sich prosaisch lediglich darum handelt, daß ich ein schlechter Beobachter bin? Was beobachte ich denn? Ich beobachte offenbar die Wirklichkeit, und ich beobachte meine Sätze. Schon das ließe sich anfechten, aber pfeifen wir auf unser Jahrhundert, und verstehen wir unter Wirklichkeit das, was, nun ja, was der Nachbar unter Wirklichkeit versteht, oder noch eher unser Schwiegervater. Denken wir an unseren Schwiegervater, seine Rente, seine Zuckerkrankheit, das Uszmányer Lager, den Abbau, einen 56er Rettungswagen, die Grußkarten zu Ostern und Weihnachten, die sonntäglichen Mittagessen (Zurechtweisung der Enkel plus Aushebelung der Erziehungsprinzipien der Enkelmutter), seine Blumen, sein Sparkonto, seine ständigen Verdächtigungen bezüglich der Telefonrechnung und sein ständiges Geknurr bezüglich der Verwandtschaft, sein wiederkehrendes, hart an Depressionen grenzendes Schweigen; also Schweigen, Geknurr, Verdächtigungen, Konto, Blumen, Aushebelung, Mittagessen, Grußkarte, Rettungswagen, Abbau, Lager, Zuckerkrankheit, Rente: das ist die Wirklichkeit. So, als läge mir hauptsächlich daran, zu behaupten, die Wirklichkeit sei lieblos. Das sage ich nicht, aber es in die konkrete Aufzählung aufzunehmen war mir nicht möglich. Vielleicht wäre zwischen dem Uszmányer Lager und dem Abbau ein kleiner Platz, als wir jenem Mädchen im geblümten Kleid begegneten? Oder im Schatten des Rettungswagens?

Wirklichkeit und Satz stehen bei mir im umgekehrten Verhältnis zum üblichen, ich messe den Satz an der Wirklichkeit, ich beobachte also nicht, ob der Satz die Wirklichkeit gut beschreibt, ich beobachte, ob die Wirklichkeit ein Stück hat, das von meinem Satz beschrieben wird, das heißt, ob mein Satz wirklich ist. Folglich: wenn kein Satz, dann keine Wirklichkeit, zumindest weiß ich nichts mit ihr anzufangen. Ich mag sie nicht ansehen, ich behaupte nicht, im Anfang war das Wort oder der Sinn oder die Kraft oder die Tat, ich behaupte nur das mit dem Nicht-ansehen-Mögen. Wenn es auch nicht zutrifft, daß ich statt des Lebens die Literatur wähle, weil sie das Leben sei (ein anderes Weil: »Die Zeit ist kurz, die Kunst ist lang«), so scheint doch die Feststellung stimmig zu sein, daß ich *in Papiernähe* am ehesten ich bin, was ich selbstverständlich nicht als Gewinn hinstellen möchte.

Beim Anziehen erklang Beethovens Siebente, ideal fürs Anziehen, selbst die Unterhose kam mir majestätisch vor, aber ich will hier nicht bramarbasieren, das heißt, ich spreche nicht von Beethoven, sondern von meiner *gutgelaunt majestätischen* Unterhose. Ich verspürte die gute Laune eines Königs, die, meine ich, der guten Laune der Schöpfung gleich ist. Problematisch wäre wohl nur die Unterhose als König. Tut mir leid, da weiß ich keine Abhilfe. Die letzten Takte dirigierte ich mit Grimassen zusammen. Da Sonntag war, schliefen noch alle, verhaltenes Schnarchen knüpfte an Ludwig an. Ich mag in Zügen nicht essen, ich mag keine *Wegzehrung* mitnehmen, eine Ausnahme würde ich vielleicht bei einem gebratenen Hühnchen machen, mit Rücksicht auf Kindheitserinnerungen. Wie habe ich alle beneidet, die einen Hühnerknochen wegzuwerfen wagten oder vermochten, der nicht mehrfach abgeknabbert, abgelutscht, ja, durchgelutscht war, weil wir ja auch die Knochen zerkauten, um das Braune, das Markige herauszusaugen, das nur zur Hälfte gut war, aber wir hatten keine Wahl, was sein muß, muß sein. Lieber esse ich nicht, lieber hungere ich in der Erwartung, dass ich, erst einmal angekommen ...! Ich fürchte, ich gehöre zu den Idioten, die sich verachten oder geringschätzen, wenn purer Hunger sie an die Schüssel führt. So ein Luxusidiot weiß noch den Hunger feinschmeckerisch zu schätzen, er findet sich gut zurecht im lächerlich makellosen Küchenreich des Abwartens, der Zukunft, der Phantasie. Aber genug der Rechtfertigungen.

Am Ostbahnhof komme ich mir vor, als wäre ich plötzlich an den Ufern des Ganges, an einem hinduistischen Feiertag. Bettler mit brandbefallenen Beinen, schreiende Straßenhändler, verschlagen umherblickende Trinker. (Zuweilen werde ich, vielleicht, weil ich durch die Straßen nicht eile, sondern eher lungere und eine höfliche Harmlosigkeit an mir habe, als Ausländer angesehen. Heutzutage ließe sich das gegen mich verwenden.) Ich mache mich davon (...), ich wage nicht, stehenzubleiben, ich gebe nichts, ich kaufe nichts, ich bin mißtrauisch, in mir ist keine Liebe. In mir ist keine Liebe. Der Zug steht schon bereit, im letzten Augenblick überwinde ich meine knauserige Grundgesinnung und kaufe eine Fahrkarte für die erste Klasse. Fürs erste bin ich in Sicherheit. Die Heizung springt an. Die Türen schließen automatisch. Der Platz neben mir bleibt frei, ich bin froh, daß niemand neben mir sitzt, in mir ist keine Liebe. Ich packe meine Zeitungen aus. Die lese ich schon nicht mehr von hinten, vom Sport her. Was das in bezug auf die Demokratisierung in Mitteleuropa bedeutet, weiß ich nicht. Ich hatte verschiedene Leseperioden, es gab die inbrünstige, dann die interessierte, dann die desillusionierte. Oder genierte. Hernach die zitternde; ich erschrak vor dem Haß hinter den Zeilen, ich wollte Stille, mit aller Gewalt Stille. Aber das wollen kann man nicht. Und da fing ich wieder an, die Zeitungen zu lesen, so, wie man Dokumente des menschlichen Naturells liest. (Ich war nicht mehr wirklich jung, als ich zu einem Freund, der übrigens gelegentlich gleichfalls als Ausländer angesehen wird, er vielleicht seines Gesichtswassers wegen oder weil sein Gesicht so abstrakt bleich ist, als ich, aufrichtig erstaunt, zu ihm sagte, aber letztendlich ist der Mensch doch gut. Oder die Menschheit? Oder daß sie das Gute will? Ich erinnere mich nicht mehr genau, jedenfalls sah ich einen Widerspruch zwischen dem menschlichen Naturell und den Kriegen. Was, loben wir uns!, nun ja doch eine avantgardistische Vorstellung ist, der Widerspruch. Du hast keinen blassen Schimmer von Sünde und Schuld, sagt ein anderer gerne. Was wäre zu tun? Ich weiß es nicht. Auf Ehre und Gewissen, Katja, ich weiß es nicht.)

Ich vergrub mich in einen Malamud-Roman, er war nicht sonderlich gut, aber gab mir die stetige Anwesenheit eines echten Schriftstellers, und im Zug lese ich ohnehin gerne, das ist, als ob ich die Zeit austrickste, es ist, als ob mein Zimmer reiste und ich keinen Fuß vor meine sichere Höhle setzen müßte. Mit Leichtigkeit versetzte ich mich in den Haupthelden des Romans, ich vermeinte, sein Hingezogensein zu fremden Leben zu verstehen; die Biographie als Kunstform beschäftigte mich seit langem. Ich überlegte (wie gewöhnlich), was wäre, wenn ich den Roman schriebe. Viele Passagen würde ich übernehmen, stellte ich fest. Ich dachte mich in Dubins Arbeitszimmer, zu Zetteln, Büchern und einer jungen Frau.

Hin und wieder spähte ich aus dem Fenster auf die Donau. Eine verwüstete, geschundene, kahl starrende Endzeitlandschaft, qualmende Betonklötze, Rohrleitungen, Gerüste, die quer durch den Himmel gezogen sind wie harte Federstriche, die eine Stelle im Text oder ein Stück Leben ausstreichen, nichts weiter als unverhüllte Ausbeutung, gnadenlose Zweckmäßigkeit, Rationalität, Häßlichkeit. Auf den Fluß zu blicken war ein unsagbar liebliches Gefühl. Als ich mein letztes Buch schrieb, vermochte mich jeder Fluß, jeder Bach, jedes Rinnsal in die Verzweiflung zu treiben, denn unweigerlich fand ich in ihnen immer etwas Neues, Unbekanntes, das die heißersehnte Vollständigkeit meines bisherigen Wissens in Frage stellte. Die Donau riß mich nicht mehr mit. Ich registrierte meine neue Gleichgültigkeit so zufrieden, als wäre ich der Literatur zu Dank verpflichtet, als wäre dies der handgreifliche Nutzen des Schreibens, als eroberten wir von Buch zu Buch wachsende Gebiete für die Friedlichkeit. Doch dem ist nicht so, wir erobern hier und verlieren dort, und wir sollten uns ruhig das vom Entsetzen geschrubbte Gesicht der alten Menschen vor Augen halten, das scheußliche Zersplittern vertrauter Gesichter, das ruhelose Kreisen in die Tiefe neuer Gruben gestürzter kleiner Augen, ich bin ein Landschaftsbild ohne Landschaft, sagen diese Augen, nicht mehr grauenvoll, nur noch trostlos wie die Wahrheit.

Dann wieder Dubins Arbeitszimmer und die Frau. Mein Reisepaß ist schon vorher kontrolliert worden, jetzt wimmelt es auf einmal von graugekleideten Männern im Wagen. Die Brühe kostet mehr als der Braten – aber ich fürchte mich längst nicht mehr vor Paß- und Zollkontrolle, ich habe keinen Krampf im Magen, wenn ich mich der Grenze nähere; das Sine qua non des Osteuropäers. (Die DDR war die einzige Ausnahme, obwohl ich wußte, daß sie mir nichts tun konnte, daß ich regulär war wie ein fünfzackiger Stern, schüttelte mich das Fieber, als wäre ich verliebt. Vielleicht auch wegen der deutschen Sprache wurde es so beispielhaft furchteinflößend; auf dem Schönefelder Flughafen komplimentierte man mich stets – unabwendbar! – in ein kleines Zimmer, um dort Hände hoch! zu sagen, was auf deutsch schlimm klingt, uns hat man mit zu vielen antifaschistischen sowjetischen Filmen vollgestopft, es ist übel, mit dem Gesicht zur Wand zu stehen und das zu hören: Hände hoch!, Sicherheitskontrolle, was dann früher oder später doch noch in eine Art sozialistisches Liebesvorspiel abglitt, gründliches Begrapschen, dementsprechend flüsterte ich dem Fritzen einmal zu: Du! Hör bloß nicht auf! Eine Anekdote. K. erzählt, bei gleicher Gelegenheit habe er unvermittelt die Hose heruntergelassen; bitte! Kontrollier's! Der gleiche Reflex, aus der gleichen Demütigung, der gleichen Angst heraus – nur wir sind anders, er und ich. Aber davon wird sowieso gleich die Rede sein, von den Unterschieden.)

Einer der Graugekleideten tritt zu mir heran, ein dunkler Typ mit kurzen, raschen Bewegungen. Ungarischer Zoll, sagt er. Er bittet um meinen Reisepaß, mit ausdrucksloser Stimme, bescheiden, wie jemand, der sich selbst keinerlei Bedeutung beimißt. Trotzdem: während ich ihm, kaum den Kopf hebend, Dubin ist gerade in Nöten, er spürt den Rhythmus seiner Sätze nicht, meinen Paß reiche, durchzuckt mich, völlig unverständlicherweise und grundlos, wie der Sonnenschein draußen, der Gedanke: in diesem Menschen ist keine Liebe. Vielleicht auch er ein Schriftsteller? Vielleicht eine Nachwirkung von Malamuds Buch, eine Empfindung meiner eigenen narzißtischen, plötzlich wehrlos und empfindlich gewordenen, ewig nach Liebe dürstenden Kinder- und Künstlerseele. Der Mann ist inzwischen offenbar fertig; er klappt den Reisepaß zu und will ihn mir schon zurückgeben; da fragt er ganz unvermittelt, mit der gleichen ausdruckslosen Stimme wie vorher, irgendwie aber überrumpelnd schnell – und vielleicht ist es nur mein frisch an Bernard Malamud geschärftes Gehör, das darin eine Spur von Hinterhältigkeit ausmacht –, wieviel Valuta (oder Devisen: den Unterschied werde ich wahrscheinlich nie begreifen) ich »ausführe«, wie es wohl heißt.

Nein. Zuerst fragte er weich, wieviel ungarisches Geld ich bei mir habe. Ich tauchte empor aus dem Buch und grinste den Zöllner an, heiter, kaum albern, in der Art Was-darfs-denn-sein-wenn-ichs-habe. Freier Sohn eines freien Landes, ein bißchen behämmert. Wieviel könnte es sein, überlege ich jovial, denn warum müßte ich das aus dem Kopf wissen, ich habe, soviel ich habe, und darüber werde ich bereitwillig und sofort Rechenschaft ablegen. Der Mann, in meinem Alter, strich sich mit einer müden Bewegung über das Haar und schnippte mir leise einen Satz hin, daß er mich nämlich über die entsprechenden Valuta- und Devisenbestimmungen, die obere Grenze der frei ausführbaren Geldmenge und die Genehmigungspflichtigkeit für darüber hinausgehende Beträge aufklären möchte.

Rasch schloß ich die Augen, um mich am Ende der Welt wiederzufinden, liebes gutes Mütterchen, hilf, jetzt hilf mir ein letztes Mal, liebes Mütterchen. Denn von diesem Satz wurde einer blutigen Vision gleich in mir heraufbeschworen, verfluchte Literatur, das *Protokoll* von *Imre Kertész*, das gerade eine solche Zöllnergeschichte zur Lebensinterpretation erhebt (oder besser emporstößt, -schubst). Mehr Valuta als erlaubt, erzwungener Ausstieg in Hegyeshalom und so weiter. Vor meinem geschlossenen Auge wurde nicht das Bild meiner Mutter lebendig, sondern, viel hoffnungsloser, das von Imre Kertész. Ich sah ihn, seine lange, gebeugte, schwere Gestalt, ein Gegen-Michael-Kohlhaas, der nicht seine Wahrheit sucht, denn seine Wahrheit hat ihn gefunden, ich sah seine Sätze, jeden für sich, die langen, gebeugten, schweren Sätze, wie sie unaufhaltsam der letzten nackten Einsicht entgegenschwanken, der Kollege ging derweilen seinen Weg: sehet, er versteht sein Leben. Er griff die ihm entgegengebrachte Aggression – da er nichts anderes tun konnte – gierig auf wie einen Dolch und richtete seine Klinge gegen sich selbst: fast aber erschreckten ihn die Kraft und die bittere Lust, mit der seine Gedanken dieses Mal gleichsam Hand an ihn legten, in ihrer ehrlichen Wildheit. *Alles, Alles, / Alles weiß ich, / Alles ward mir nun frei. / Auch deine Raben / hör ich rauschen* ... – ja: das Maß ist voll, mehr Verletzungen vermag er – scheint es – nicht zu ertragen. Sechs Jahrzehnte wechselvoller, wiewohl eintöniger Diktaturen und dazu diese vorerst noch namenlose Restdiktatur haben seine aus dem Dulden – zwecklosem Dulden – sich nährende Immunität zermürbt. Auf seinem restlos durchlöcherten, zum Tode verwundeten Körper, der nur noch an Nervensträngen baumelt, findet keine einzige Speerspitze, ja nicht einmal eine Injektionsnadel mehr Platz. Er hat die Fähigkeit zum Dulden verloren, er ist nicht mehr verwundbar. Ich bin verloren, schreibt er. Dem Anschein nach fahre ich mit diesem Zug, aber der Zug befördert nur noch einen Leichnam. Ich bin tot.

Ich öffnete die Augen und war nicht tot, leider. Ja?! fragte und unterstellte der Zöllner, und ich wurde sofort rot, ich habe bei mir, was ich zurückbekommen habe, brummte ich. Ob ich es ihm zeigen würde. Oje. Ich sage nicht, mit tausend Freuden, Herr Rittmeister, ich nicke nur hurtig, vielleicht kann ich Wohlwollen ergattern, wenn auch ein wenig zu spät. Ich behaupte nicht, hinter der argwöhnenden heimtückischen Frage hätten meine Ohren das Dröhnen von Stiefeln, das Schmettern von Kampfesliedern, das Schrillen von Türklingeln im Morgengrauen vernommen, nein, und vor meinen Augen erschienen auch keine Gefängnisgitter und Stacheldrahtzäune. Der auf diese Frage geantwortet hatte, das war ich, nun ja, ich, nicht ein seit Jahrzehnten gepeinigter, abgerichteter, an Bewußtsein, Persönlichkeit und Nervensystem gestörter, wenn nicht sogar völlig zerstörter Bürger – eher eigentlich Gefangener als Bürger, ich, der jedoch in der erwähnten Novelle gelesen hatte, daß der, der auf diese (jene) Frage geantwortet hatte, nicht der Icherzähler war (Imre), sondern der seit Jahrzehnten gepeinigte, abgerichtete Undsoweiter, das hatte er gelesen, und in diesem sofortigen, tiefen und heftigen Verstehen wurde auch er Undsoweiter, der seit Jahrzehnten gepeinigte, abgerichtete, an Bewußtsein und Persönlichkeit gestörte, wenn nicht sogar völlig zerstörte Undsoweiter.

Was für ein Sohn was für eines freien Landes? Flaumfeder im Wirbelsturm, so wurde das Selbstbild weggeblasen. Ich hatte gedacht, es stehe in meiner Freiheit, einfach nur in einem Zugabteil zu sitzen. Ich könne mir erlauben, den Fragenden dämlich und unvorbereitet anzustarren. Ich machte mich der Disziplinlosigkeit schuldig, als ich glaubte, die ausgefickte, verhurte Epoche der ständigen Disziplin sei zu Ende. Manches war zu Ende, aber das war nicht zu Ende. Ich machte einen Fehler, und sie schlugen zu. Ich hatte nicht *normalerweise* keinen Krampf im Magen. Er war da, wie bei uns allen, ich hatte mir nur in blinder Zuversicht vorgestellt, ich besäße die Fähigkeit, meinen Magen zu verlassen. Ich habe zehntausend Seelen, schreibt Ottlik; und ich habe ebenso viele Mägen, dachte ich.

Das Leben, da haben wir es, ahmt die Kunst nach, aber nur jene Kunst, die das Leben, das heißt das Gesetz nachahmt. Es gibt keinen Zufall, alles geschieht für mich und durch mich, und werde ich meinen Weg dann hinter mich gebracht haben, werde ich endlich auch mein Leben verstehen.

Mit der Geste eines Zauberers, der im denkbar ungünstigsten Augenblick zum Auftritt gezwungen ist, stöberte ich in meiner Aktentasche. Aber wenigstens nicht so, daß ich es sehe! brüllte der Zöllner gekränkt. Jetzt schien er doch nicht so, als sei keine Liebe in ihm, wie er den Zauberer verärgert gleichsam darauf hinwies, für *dieses* Geld verdiene er mehr, erwarte er mehr. Die gereizte Verspieltheit des Zolls brachte mich jedoch zu mir, zu meinem Selbstbetrug, hob mich heraus aus der Kertész-Novelle, und mein eigenes Undsoweiter werdend, brüllte ich zurück, Dann nieder mit den hündischen Serben!, und Es lebe die Wahrheit!, die eins und unteilbar ist, und im vorliegenden Fall verfüge ich über mehr Forint als erlaubt, weil ich einen Teil der Karte für die erste Klasse unvermutet in Schilling bezahlen mußte, das konnte ich nicht voraussehen, wenn Sie es für richtig halten, metzeln Sie mich nieder, und einen Tausender habe ich auch! bäääh! – so erboste sich der noch freiere Sohn eines noch freieren Landes, sich aalend in Haltung und Würde, als der Zöllner entsagend oder eher müde?, verzagt flüsterte: Und so weiter.

Es wurde sehr still. Tatsächlich. Undsoweiter, das ist nur Undsoweiter. Ein Undsoweiter gibt es. Er sah noch sanft, damit wir uns nur nicht in der Kumpanei näher kamen, meine Tasche durch, die wohl einen harmlos *zivilen* Eindruck machte, ein Steinstück, eine Kugelschreibermine, Kleingeld, Schlüssel, eine aus der Wirklichkeit des ungarischen Alltags herausgerissene, unpräparierte Intellektuellenaktentasche. Ich solle künftig auf den Nennwert der Scheine achten, ja, antwortete ich sofort, strahlend wie ein Vorzugsschüler, und seien Sie mir nicht böse. Ja, so: entschuldigen Sie bitte, und seien Sie mir nicht böse.

Ich saß mit Italienern zusammen, sie kümmerten sich nicht um mich, Italiener kümmern sich nicht um Gewissensbisse. An meiner Schuld bestand kein Zweifel. Aber warum fragt nicht Gott, warum die Uniform? Gott kann schweigen, aber nicht der Zöllner. Wäre das Gesetz, daß ich eine Zahl sage und er eine Zahl sagt, dann vergleichen wir die beiden Zahlen, das läßt sich machen, und wenn meine größer ist, dann … Ist das das Gesetz? a > b, ist dies das Gesetz? Mal dachte ich an den Zöllner, mal an Imre Kertész. Ich wollte mich mit dem Geschehenen nicht abfinden, ich forderte zum Schuldgefühl eine ordentliche Strafe. Mir kam sogar der Einfall, den Zöllner anzusprechen, ich hätte was Privates mit ihm zu bereden, was wäre, wenn ich ihm alles erzählte, das Undsoweiter, Imre, die Novelle, die Freiheit, die Sklaverei, ja, ich könnte mit ihm ein *Tiefeninterview* machen, so würde ich die Schande doch noch irgendwie planieren wie ein Gärtner den Mist, zum Beispiel, wann ich, wie man sagt, verdächtig geworden bin, haha, ich fühlte ja selbst, daß ich rot wurde, na so was, vermutlich die Erfahrung und … Langsam, ganz langsam steigt die Schande in mir hoch; es setzt an den Zehen ein, dringt durch den Magen in die Kehle und strömt ins Gehirn.

Finde dich ab! finde dich ab! Undsoweiter!

Aber es setzte sich öder fort.

Lustlos verkroch ich mich wieder in das Buch. Als ich auf

einmal, wiederum unaufmerksam, aufblickte und unseren Mann sah, wie er fast rennend den Gang entlangkam, da blieb mir fast das Herz stehen, so erschrak ich, ich mußte hinfassen und es reiben. Ich erschrak wie seinerzeit immer von neuem vor der Donau.

Das war der Augenblick, wo ich unwiderruflich die Furcht in mir entdeckte. Daß sie in mir ist, daß ich sie also doch in mir habe. Wie ich die Lunge, die Leber, das Hirnmark in mir habe. Fürchten kann man sich nicht von Fall zu Fall, fürchten kann man sich nur immerfort. So wird es sein.

Ja: das Maß ist nicht voll, ich werde wieder und wieder verletzt werden. Und ich habe die Fähigkeit zum Dulden nicht verloren, ich bin verwundbar. Ich bin nicht verloren, aber ich kann es im nächsten Augenblick sein. Ich fahre mit dem Zug. Ich bin nicht tot. Sondern beobachte, spähend, wie ein wildes Tier.

Aus dem Ungarischen von Hans Skirecki

INGO SCHULZE

NOCH EINE GESCHICHTE

Er würde diese Zugfahrt gar nicht unternehmen, wenn es auch sonntags einen Nonstop-Flug von Budapest nach Berlin gäbe. Das jedenfalls sagte er Katalin K., einer ungarischen Journalistin, die ihm nach einem Interview angeboten hatte, beim Kauf des Zugfahrscheins Budapest–Wien–Budapest behilflich zu sein.

Eine Art Protokollstil wäre vielleicht der Geschichte am ehesten angemessen, ein sachlicher Tonfall, Sätze ohne Ich-Erzähler. Der aufmerksame Leser wüsste sofort, dass der wahre Grund der Reise nicht notwendigerweise mit dem von unserem Reisenden (ein Name ließe sich schon finden) behaupteten übereinstimmte. Die Formulierung »Das jedenfalls sagte er« – die Betonung liegt auf dem Verb – wäre ein sicheres Indiz dafür.

Es ist immer verlockend, das Ich in die dritte Person zu versetzen. Diese dritte Person lässt man dann ein wenig schlecht wegkommen, und das Erlebte schreibt sich wie von selbst. Aber in diesem Fall wird das nicht funktionieren, jedenfalls nicht, wenn es zum entscheidenden Wendepunkt kommt, wenn nämlich unser Reisender jener Frau, die den Namen Petra oder Katja tragen könnte, gegenübersitzt, jener Petra oder Katja, die er in den Jahren ihres Zusammenseins, oder besser gesagt, ihres Bündnisses, seine Frau genannt hatte. Oder irre ich? Wäre es womöglich wirkungsvoller – gerade an dieser neuralgischen Stelle –, sich jeglichen Kommentars zu enthalten und das Ich nur von außen zu betrachten (als unseren Reisenden) und es damit derselben Beobachtung zu unterwerfen, der auch alle anderen Figuren ausgesetzt sind? Ich weiß es nicht.

Ich werde trotzdem versuchen, von mir zu sprechen und davon, dass das Leben die Tendenz aufweist, die Literatur nachzuahmen.

Ich hatte es für einen fruchtbaren Gedanken gehalten (je nach Stimmungslage verlese ich fruchtbar zu furchtbar und umgekehrt), am Sonntag, dem 25. April 2004, also am letzten Tag der Budapester Buchmesse, auf der Deutschland das Ehrengastland war, nach Wien zu fahren und Petra das Manuskript meiner Geschichte »Zwischenfall in Petersburg« zu geben, in der der Ich-Erzähler überfallen wird. Das war mir tatsächlich widerfahren. Meiner Überzeugung nach hatte es zu dem Überfall nur kommen können, weil ich unaufmerksam, weil ich mit meinen Gedanken noch in Wien gewesen war, in Wien bei Petra. Am Tag nach unserer Trennung war ich von Wien nach St. Petersburg geflogen. In meiner Geschichte wurde der »Zwischenfall« zu einer Art Rahmenhandlung für meine Erinnerungen an Petra.

Natürlich hätte ich Petra die Geschichte auch kommentarlos schicken können und abwarten, was passiert. Ich hielt es aber für besser – und weil Wien plötzlich so nahe lag –, Petra von Angesicht zu Angesicht zu sagen, dass ich diesmal, abgesehen von veränderten Personennamen (Petra oder Katja), nichts erfunden hatte.

Von Budapest aus rief ich sie an – dieselbe Nummer, dasselbe Rufzeichen wie damals – und sprach auf ihren Anrufbeantworter. Im Hotel fand ich wiederum einen Zettel vor, auf dem das Kästchen »Bitte um Rückruf« angekreuzt war. Darüber stand die vertraute Nummer, unter der sich erneut nur der Anrufbeantworter meldete. Ich sprach das Datum darauf, auch Ankunftszeit und Ort, 12.20 Uhr auf dem Westbahnhof, und meine Abfahrtszeit, 15.45 Uhr. Ich fragte, ob wir uns, sollte es ihr recht sein, für 13.00 Uhr verabreden könnten, »so auf ein Stündchen«, und versprach, sie zum Mittagessen einzuladen. Als Treffpunkt schlug ich das Museumsquartier vor und sagte zum Schluss, meine Handynummer sei die alte geblieben. Sollte Petra nicht erscheinen, wollte ich das Museumsquartier besichtigen, das erst nach unserer Trennung eröffnet worden war.

Schon beim Kauf der Fahrkarte am Freitag hatte ich das Gefühl, mir etwas zu schenken, mir einen Luxus zu leisten, obwohl ich die zweite Klasse nahm und deshalb für Wien und zurück nur vierunddreißig Euro ausgeben musste. Es war ungewohnt, ohne Einladung, nur aus eigenem Entschluss, eine Reise zu planen und die Fahrkarte selbst zu bezahlen.

Der Regen am Sonntagmorgen fasst all das zusammen, was ich von Budapest auf Autofensterhöhe zu sehen bekomme. Die einzelnen Bilder verwischen und werden grau wie der Asphalt, der Blasen zu werfen scheint. Ich erschrecke, das Radio plärrt – »und alle Glocken klangen«, der Fahrer dreht sich um und nickt mir zu. »Am Tag, als Conny Cramer starb, und alle Glocken klangen, am Tag, als Conny Cramer starb, und alle Freunde weinten um ihn, das war ein schwerer Tag …« Ich verstehe, ein deutsches Lied, extra für mich.

Der Wagen ist hoteleigen, das Taxameter bleibt ausgeschaltet. Das Gefühl, dass man sich um mich kümmert, euphorisiert mich regelrecht, als wir den Keleti pu. erreichen. Nie würde ich den Keleti pu. Ostbahnhof nennen. Es war der Keleti pu., auf dem ich das letzte Mal im Sommer 1989 stand, auf dem Keleti pu. begannen und endeten die Budapest-Urlaube, der Keleti pu. war Anfangs- und Endpunkt der Tramptouren nach Bulgarien; ein Bahnhof, der mir fast so vertraut ist wie der Neustädter in Dresden.

Der Fahrer und ich verabschieden uns mit Handschlag. Ich habe Zeit und nicht mehr dabei als meine Umhängetasche mit der Halbliterflasche Wasser, dem Bändchen von István Örkény, meinem Notizbuch, das ich immer bei mir trage, ohne es je zu benutzen, der blauen Mappe mit dem Manuskript »Zwischenfall in Petersburg«, dem Portemonnaie und meinem Pass. »Ich fahre nach Wien«, flüstere ich, als ich die Stufen des Haupteingangs hinaufsteige und mich, oben angelangt, umdrehe, als gälte es für immer Abschied zu nehmen. »Ich fahre nach Wien.« Ein blaues Michelinmännchen winkt mir von einem Hausdach zu, blau ist ebenfalls der Trabant in der Reihe abgestellter Wagen, mehr als die Hälfte davon deutsche. Solange ich mich auch umschaue – die Hand auf der Umhängetasche –, nirgendwo zeigt sich ein Bettler, niemand will etwas von mir, nicht einmal ein Trinker stolpert vorüber. Schon im Mai 1979, als ich das erste Mal hier abfuhr, bepackt mit den Büchern aus dem DDR-Kulturzentrum und aus jenem Laden mit Fischer-Taschenbüchern auf der Váci-utca, habe ich davon geträumt, ein Schriftsteller zu sein und nach Wien zu fahren. Vor fünfundzwanzig Jahren hat das noch etwas anderes bedeutet. Ich könnte auch sagen, vor fünfundzwanzig Jahren hat das überhaupt noch etwas bedeutet.

Wien steht gar nicht in der Fahrplananzeige. Dafür Dortmund – gestern chancenlos null zu drei in Leverkusen unterlegen, heute muss Bremen Bochum auswärts schlagen, sonst ist auch noch der UEFA-Cup futsch. Daran will ich nicht denken und kaufe mir deshalb auch keine Zeitung. Eine Zugfahrt entscheidet sich in der ersten Viertelstunde, meistens sogar in den ersten Minuten.

Der Zug nach Dortmund über Wien steht bereit. Ich habe keine Platzkarte. Wählerisch inspiziere ich die Wagen, erst von außen, dann von innen. Als ich schließlich einen Großraumwagen finde, sind die meisten Plätze belegt. Die freien Sitze haben entweder kein Fenster, oder ein frischer Eifleck glänzt auf dem Polster, oder sie befinden sich direkt vor dem Raucherabteil. Es gibt immer Gründe, warum etwas frei oder noch zu haben ist. Ich kehre zu einem Platz zurück, an dem die Heizung besonders laut rumort. Der Zug füllt sich. Ich bin niemand, zu dem man sich gern setzt. Das ist keine neue Erkenntnis, aber eine, die mich immer wieder kränkt, obwohl ich jedes Mal aufatme, wenn jemand nach kurzem Zögern weiterzieht.

Ich wundere mich, wie lautlos wir anfahren. Aber das sind gar nicht wir, sondern der Zug Budapest–Moskau. Oder wird nur rangiert? Ich sehe niemanden hinter den Fenstern.

Ich packe den blauen Hefter mit der Geschichte »Zwischenfall in Petersburg« aus, stecke das Handy in die Brusttasche zu dem Kuli und nehme die »Minutennovellen« zur Hand, die ich schon im Flugzeug auf dem Schoß hielt und die im Hotel auf meinem Nachttisch lagen. Ich ziehe an dem dunkelroten Lesebändchen, öffne das Buch auf Seite 18 und beginne, als unser Zug pünktlich 9.35 Uhr anruckt, den mit »Schleife« überschriebenen Text zu lesen.

Obwohl mich beim Anfahren regelmäßig Panik überfällt,

meinen Koffer auf dem Bahnsteig vergessen zu haben, liebe ich Zugfahrten. So wie man auf diesen ebenen Rollbändern am Flughafen doppelt so schnell vorankommt, habe ich im Zug das Gefühl, viel mehr zu schaffen als zu Hause. Obendrein kommt zu all dem Gelesenen und Geschriebenen noch der Erfolg hinzu, eine Ortsveränderung vorgenommen zu haben, weshalb die Tagesleistung gut und gern als dreifaches Pensum gewertet werden kann. Ich beginne also zu lesen, werde aber sofort von meinem schlechten Gewissen unterbrochen, weil ich eigentlich »Zwischenfall in Petersburg« durchsehen und mir Gedanken darüber machen muss, was ich in drei Stunden Petra sagen werde.

Neben mir, auf der anderen Seite des Gangs, eine französische Familie. Die Eltern lächeln, wir nicken uns zu, die Kinder werden aufgefordert, »bonjour« zu sagen, was aber weder der Junge (Locken) noch das Mädchen (glatte Haare) tun.

Draußen grüne Landschaft und gelbe Container von Gartner, Mauern aus sieben schmalen Betonplatten. Praktiker, Nissan, am nächsten Sonntag sind die Ungarn schon in der EU, OBI, die Donau, flache Ufer, neue riesige Gebäude, hp, Sternwarten auf den Dächern, Zirkusdächer – natürlich sieht es nur so aus. Dann Wohnblöcke, der Chruschtschow-Ära zuzurechnen, wieder Grün, kleine Häuser. Die Sympathie, die einer jungen Familie entgegengebracht wird. Sie verteilen Stofftiere, Comics und ein Buch von James Ellroy auf die vier Plätze und machen sich auf den Weg in den Speisewagen, gerade als wir in Kelenföld halten. Dann Shell, Honda, Plus, Kaiser's, Werbeplakate neben der Straße. Die Häuser auf der anderen Seite eingewachsen ins Grün. Es ist das ideale Reisewetter, IKEA, Stellar Artois, Baumax.

Ich lege das Lesebändchen wieder ein, klappe die »Minutennovellen« zu, schlage die blaue Mappe auf. Ich weiß nicht, was ich Petra sagen soll. Seit sechzehn Minuten bin ich unterwegs. »Sechzehn«, wer hat derart eindringlich »sechzehn« gesagt, plötzlich habe ich »sechzehn« im Ohr wie von einem Ausländer gesprochen, »sechzehn« und »alle Glocken klangen«.

Ich lese meine Geschichte, das ist Arbeit, kein Sonntag mehr, keine Freiheit, keine Souveränität. Der Tonfall ist betont unliterarisch gehalten, so, als müsste ich selbst das Protokoll liefern, das nie geschrieben worden ist.

»Sankt Petersburg, 1. Dezember 2000. Ich war in die Stadt gekommen, um im Goethe-Institut und an der Universität gemeinsam mit der Übersetzerin Ada Beresina die russische Ausgabe der ›33 Augenblicke des Glücks‹ vorzustellen. Für mich ging ein Traum in Erfüllung, denn damit, so schwadronierte ich gern in jenen Wochen, kehre das Buch in seine Stadt zurück und in die Sprache der meisten seiner Figuren. Ich wohnte in der Pension Turgenjew in einer Nebenstraße des oberen Newski, nicht weit von der Moika entfernt. In einer Wechselstube, die sich schräg gegenüber im Kellergeschoss eines Wohnhauses befand, hatte ich Geld getauscht und aus diesem Grund auch meinen Pass dabei. Mit Portemonnaie und Pass in der Jackettinnentasche und einem kleinen Rucksack über der Schulter schlenderte ich an der Newa entlang, sah auf die im Wasser treibenden Eisschollen und dachte an Wien …

Am Marmorpalais verließ ich die Newa und ging quer über das Marsfeld in Richtung Newski. An der Flamme für den unbekannten Soldaten standen mehrere Personen, die ich anfangs für Soldaten hielt. Als ich näher kam, sprach mich ein junger Mann an. In seiner Haltung war etwas Unterwürfiges, sein Blick unstet, Gesicht und Hände schmutzig. Er fragte mich nach der Uhrzeit. Es war kurz nach zwölf. Dann fragte er, ob ich ihm Geld geben könne, er habe Hunger. Ich holte das Portemonnaie heraus, schenkte ihm zehn Rubel und machte mich davon. Im Weggehen, ich lief rechts um das Denkmal herum, bemerkte ich, wie er den Jugendlichen, die sich an der Flamme für den unbekannten Soldaten wärmten, etwas zurief. Einen Augenblick später hatte ich die Meute hinter mir, die Hälfte von ihnen Kinder. Sie flehten, die Hände wie zum Gebet aneinandergelegt, und riefen: ›kuschat, kuschat‹, essen, essen. Ich rannte nicht davon. Schließlich waren wir am helllichten Tag mitten in St. Petersburg. Vielleicht habe ich nicht mal daran gedacht, vielleicht ist es mir peinlich gewesen, Reißaus zu nehmen, vielleicht ahnte ich, dass es nichts genützt hätte. Während die hohen Stimmen weiter ›kuschat, kuschat‹ wimmerten, verständigten sich andere mit halblauten Zurufen. Erst in diesem Moment ging mir wirklich auf, in welche Situation ich geraten war, und zugleich wollte ich das alles nicht wahrhaben. Ich blieb stehen. Einen Augenblick später war ich bereits überwältigt. Der Stärkste von ihnen war mir auf den Rücken gesprungen und umklammerte meine Oberarme ...

Ich brüllte, wie ich nie zuvor gebrüllt hatte. Ich brüllte wie ein Vieh, drehte mich, warf mich hin und her wie ein Eber, wie ein Bär, angefallen von einem Rudel Hunde. Sie waren tatsächlich überall. Vorgebeugt, hielt ich meinen Rucksack fest. Mein Hin und Her bewirkte jedoch nur, dass mir die Brille herunterfiel und ich dachte: Auch das noch! Als ich aufsah, traf sich mein Blick mit dem einer Frau, die vorübereilte. Ihre Scham und meine Scham, mehr gibt es dazu nicht zu sagen. Eine Hand schob sich von oben in meine Jackettinnentasche. Sie näherte sich Stück für Stück meinem Portemonnaie und Pass. Das Jackett war zugeknöpft, ebenso der Mantel, doch sosehr ich auch schrie und mich wand, die Hand stieß weiter vor, tiefer und tiefer, es fehlte nicht mehr viel ...«

Der Schaffner trägt eine runde Mütze. Uniformen ohne Schirmmütze sind nicht ganz ernst gemeint, er lächelt, Lippen wie Belmondo, ich lächle und reiche ihm den Fahrschein, den er abzeichnet. Wir fahren durch Tatabánya, ein Adler auf einem Felsen, eine Art Förderturm auf dem Berg, dann eine gewaltige Ruine, die Donau auf der anderen Seite, versöhnt mit diesem Anblick.

»Plötzlich ließ einer nach dem anderen von mir ab, ich hörte, wie jemand fluchte, die Meute machte sich aus dem Staub, ich richtete mich auf. Ein Mann mit Pudelmütze kam auf mich zu, in jeder Hand ein volles Einkaufsnetz. Ich griff nach meinem Portemonnaie, wie um mich zu vergewissern, dass ich nicht blutete, und hob die Brille auf. Mir war nichts passiert.«

Jetzt beginnt die eigentliche Geschichte, aber der Erzählfluss mäandert, weil Erklärungen notwendig werden, um das Mirakelhafte, das dieser Zwischenfall für mich annehmen sollte, nachvollziehbar zu machen.

Mein Retter, der, weil ich mich heiser gebrüllt hatte und vorerst nur flüstern konnte, meinen Dank kaum verstand, fuhr mit seinem behandschuhten Zeigefinger über den senkrechten Schlitz, den ein Messer auf der rechten Seite meines Mantels hinterlassen hatte. Ich fragte ihn nach seinem Namen. »Gille«, sagte er, »ich bin Franzose.« – »Gille?«, krächzte ich fassungslos. »Gille?« Er nickte.

Der Gille von Watteau war das Lieblingsbild meines verstorbenen Freundes Helmar gewesen, dem die »33 Augenblicke« gewidmet sind. Doch nur in der russischen Ausgabe erscheint statt seiner Initialen der Vorname. Diese Information musste gegeben werden, damit man überhaupt verstand, warum ich bei dem Namen Gille wie vom Donner gerührt war. Am Tag der Buchpremiere werde ich also mitten in St. Petersburg von einem Franzosen namens Gille gerettet, als hätte Helmar … Das glaubte ich natürlich nicht ernsthaft.

Gille bestand darauf, nach einem Milizionär zu suchen. Wir fanden einen vor der »GAI«-Station (»Staatliche Autoinspektion«, wie in Russland die Verkehrspolizei heißt), neben dem Marmorpalais. Wir zwängten uns in einen GAI-Lada und fuhren ein bisschen herum, die Kinder jedoch waren zu meiner großen Erleichterung wie vom Erdboden verschluckt. Was hätten wir auch mit ihnen tun sollen? Alles, was mir fehlte, war ein kleines Wörterbuch und ein Feuerzeug aus der Außentasche meines Rucksacks. Sie hatten mich weder geschlagen noch getreten oder an den Haaren gezogen. Ein beherzter Gille hatte genügt, sie zu vertreiben. Während ich durch die Scheiben des Ladas auf das Russische Museum blickte, begriff ich, dass mir nur widerfahren war, was ich selbst beschrieben hatte. »Haben Sie so was schon gesehn, mitten auf der Straße, und Kinderchen hinterdrein, zwei, und eins, gleichauf, weit drüben, schirmt die Hauseingänge ab, und noch eins, gerad voraus am Geländer entlang … Müller-Fritsch lag halb auf dem Rücken, halb auf der Seite am Kanalgeländer.«

Als ich wenige Stunden später durch die Fußgängerunterführung des Newski vom Sadko in Richtung Gostinyi Dwor lief, eskortiert von Übersetzerin und Dolmetscherin, warf ich einem einbeinigen Bettler Kleingeld in die Mütze, gerade so viel, wie ich in der Hosentasche trug. Ich weiß noch, dass ich in einem Winkel meines Herzens in dieser Geste, mit der ich eher meine Trägheit überwand, als dass ich ein Opfer brachte, eine Art kultischer Beschwichtigung sah, die mich vor ähnlichen Übergriffen in Zukunft bewahren sollte.

Der Bettler jedoch rief mir etwas nach, in einem Tonfall, der nicht nach Segenswünschen klang. Als ich mich umdrehte, schwang sein Bein bereits zwischen den Krücken. Ich hielt das noch immer für Zufall. Nachdem er sich aber anschickte, Stufe um Stufe hinter mir die Treppe der Unterführung hinaufzuhüpfen, gab es keinen Zweifel mehr. Mir blieb kaum Zeit, die Tür des Taxis hinter mir zuzuziehen, da pochte auch schon der Gummipfropfen einer Krücke gegen die Scheibe. »Wir laufen«, rief Ada – der Taxifahrer hatte einen unverschämten Preis verlangt. »Wir zahlen!«, entschied ich und wandte keinen Blick von dem Pfropfen an der beschlagenen Scheibe. Endlich lenkte der Fahrer zur Straßenmitte. In diesem Moment war ich überzeugt davon, alles, was ich in den »33 Augenblicken des Glücks« beschrieben hatte – denn eine ähnliche Szene findet sich ebenfalls im Buch –, nun selbst erleben zu müssen. St. Petersburg forderte Tribut für meine Geschichten. Wie hatte ich glauben können, so einfach davonzukommen und ungestraft schreiben zu können, was ich wollte?

Kaum dass wir am Ende eines Ampelstaus zum Stehen kamen, schrie Ada auf. Aus dem Wagen links neben uns schlugen

Flammen, der Motor brannte. Wir zogen die Köpfe ein, ich erwartete eine Explosion. Während dieser Sekunden ging ich mein Buch durch. Aber nirgendwo hatte sich meine Phantasie dazu verstiegen, ein Auto in Flammen aufgehen zu lassen. Ich war schuldlos, dieses Feuer hatte nichts mit mir zu tun, ich war tatsächlich erleichtert. Das Taxi fuhr an, und als wir wieder hielten, trennten uns immerhin dreißig oder vierzig Meter von dem brennenden Wagen.

Man könnte sie für Fallschirmjäger halten, trügen sie nicht über der Brust den Aufdruck »Border Guard«. Ich weiß, was ich zu tun habe. Wortlos streckt der für mich zuständige Border Guard eine Hand nach meinem Pass aus, verlagert das Gewicht nach vorn und gibt mir – eine unmerkliche Bewegung aus dem Handgelenk, als würde er eine Schellen sieben abwerfen – noch im selben Moment den Pass wieder zurück, als wäre der nicht der richtige, als brauchte er da gar nicht erst hineinzusehen. Und schon sind die Franzosen dran. »Bonjour«, sagen die Kinder, die Eltern lächeln, auch auf dem Rücken der Border Guards steht gelb auf blau »Border Guard«.

Wo aber bleiben die Zöllner?

In Győr warten auf den Nebengleisen lang gestreckte Güterwaggons mit dem Schriftzug »Wir fahren für Audi« oder »Wir fahren für VW«, dazu die Signets, braun und rostig wie die Waggons, dahinter ein Wasserturm, UFO am Stiel. Spätestens jetzt müssen die Zöllner kommen.

Ich werde Petra sagen, dass in meiner Geschichte »Zwischenfall in Petersburg« der Angst, für das Geschriebene zahlen zu müssen, umgekehrt mein Wunsch entsprach, mit einer Dichterin zu leben, und dass ich die Liebe zu ihren Gedichten mit der Liebe zu ihr verwechselt habe, so wie sie die Liebe …

Ich habe mich, werde ich sagen, als ich dich das erste Mal lesen sah … Das habe ich ihr schon hundertmal erzählt, dass sie, wenn sie ihre Gedichte vortrug, ein ganz anderes Gesicht bekam, dass sie dann wie ein junges Mädchen aussah und dass man zwischen den Gedichten, wenn sie erzählte, aus welcher Situation das folgende Gedicht entstanden war – die Veranstalter und das Publikum liebten sie für diese Geschichten –, dass man dann glaubte, sie erwachte und schüttelte einen Traum von sich ab. Und ich war überzeugt, dass jeder, der sie sah und hörte, sich in sie verlieben müsste. Doch ich werde ihr auch diesmal nicht beichten, dass ich davon träumte, das DU in ihren Gedichten zu werden. Widmungen wollte ich nicht, Widmungen sind wie Dreizehnjährige, die rauchen. Du wirst ja sehen, werde ich auf jeden Einwand erwidern, dass da nichts steht, was dich verletzt. Das werde ich nicht sagen. Ich habe geschrieben, dass jeder sich wünscht, in diese Wohnung mit den alten Dielen, die jedem Museum Ehre machen würden, einziehen zu können und mit dir in Schönbrunn spazieren zu gehen.

Auf meine Reminiszenzen angesichts des brennenden Autos in »Zwischenfall in Petersburg« folgt die Schilderung jener Szene, die nur vierundzwanzig Stunden zuvor stattgefunden hatte. Ich telefonierte mit meinem Vater und betrat auf der Suche nach Stift und Zettel, um seine Telefonnummer in der Rehaklinik zu notieren, Petras Zimmer mit den breiten Dielen und den alten Scheiben (»so was kriegst du nur noch in Wien«). Petra sah auf, vorwurfsvoll, wütend, weil ich sie aus ihrem Gedicht riss oder weil ich noch ihren mir viel zu kleinen

Bademantel anhatte. Ich blickte ebenso vorwurfsvoll zurück, weil sie doch verstehen musste, dass ich schnell einen Stift brauchte, und weil sie es fertigbrachte, in diesen Schlumperhosen, Trainingshosen, Gymnastikhosen, Turnhosen herumzulaufen, also in Sachen, die auch dem letzten Soap-Autor einfallen, wenn er eine Figur denunzieren will. Diese gegenseitigen Vorwürfe verstand nur, wer von den immer größeren Abständen zwischen unseren Treffen wusste. Petra und ich waren neben dem Lesungs-Geldverdien-Rumgefahre nicht auch noch dem Hin und Her zwischen Berlin und Wien gewachsen.

Darf ich denn nicht darüber schreiben, nur weil ein paar Leute ahnen, wen ich mit Petra oder Katja meine? Einen Satz wie den, dass man in Wien besser Hühner kaufen könne als in Berlin, da an den Wiener Hühnern die Krallen noch dran sind, und dass man an den Krallen erkennt, ob so ein Huhn auch wirklich auf dem Hof gescharrt hat – muss ich mir solche Sätze genehmigen lassen, auch wenn sie von dir sind? Ich behaupte doch nicht, du seist schuld an dem Überfall. Natürlich, irgendwie kann man immer ein bisschen dafür.

Stille. Als hätte jemand den Stecker gezogen, ist die Heizung verstummt, verstummen alle Geräusche, der Zug rollt aus, fast lautlos, ein paar hundert Meter, er beginnt zu bremsen, Hegyeshalom. Stiefmütterchen in Betonkübeln. Hegyeshalom, die Grenzstation. Hegyeshalom! Ich schließe die Augen, sehe mich am Ende der Welt und begreife endlich: In Hegyeshalom werden keine Zöllner mehr kommen!

»Es würde uns wohl beiden guttun«, sagte Petra, »wenn wir uns mal eine Weile nicht sehen würden.« Das war das Ende, die Trennung, das verstand ich sofort. Und ich verstand auch, wie sinnlos es war, dagegen aufzubegehren. Wie leicht machte sie uns den Abschied! Keine Streitereien, keine Vorwürfe, nur dieses »eine Weile nicht sehen«. Wie betrunken war ich von dieser unerwarteten Freiheit und wie erschüttert, dass es mit uns vorbei war.

Unser Aufenthalt in Hegyeshalom – es gibt keine Zöllner mehr – währt drei Minuten. Die Heizung rumort wieder, der Zug fährt an, er rollt über die Grenze, ich, der freie Sohn eines freien Landes, empfinde nichts, meine Seele nimmt keinen jubelnden Aufschwung.

Eine Stunde später fährt der EC24 planmäßig auf Gleis 7 in den Wiener Westbahnhof ein. Mit der blauen Mappe und der leeren Flasche in meiner Umhängetasche warte ich, bis alle ausgestiegen sind, ich warte, bis die Leute eingestiegen sind, ich warte, bis der Bahnsteig fast menschenleer ist. Ich weiß, wie es aussieht, wenn Petra – oder sollte ich sie doch besser Katja nennen? – mit langen Schritten auf mich zueilt, die letzten Meter dann doch rennt und die Schultern hochzieht, kurz bevor sie mich umarmt.

Zehn Minuten vor eins passiere ich das Eingangsgebäude des Museumsquartiers, eine Durchfahrt, die an Krankenhaus und Kaserne und Schlimmeres erinnert. Lasst alle Hoffnung fahren. Noch viel weniger als bei meiner Abfahrt weiß ich, was ich Katja sagen soll. Zudem habe ich das Lied aus dem Taxi im Ohr – »Und alle Glocken klagen … Das war ein schöner Tag …«. Ich weiß, dass es weder *klagen* noch *schön* heißt, aber dagegen bin ich machtlos.

Überhaupt komme ich mir lächerlich vor mit meiner blauen Mappe in der Tasche. Ja, ich fühle mich infantilisiert, als übersteige es meine Kräfte, ein Reiseziel selbst zu bestimmen, als könne ich nur Haltung bewahren, solange ich eingeladen, zum Auftritt gebeten und befragt werde. Ich stehe mitten im Hof des Museumsquartiers. Ich habe keine Ahnung, was es hier zu besichtigen gibt. Mein Handy meldet eine Nachricht. Für einen Moment hoffe ich, der Begegnung mit Petra oder Katja entgehen zu können. T-Mobile Austria heißt mich willkommen in Österreich.

Als ich aufschaue, sehe ich Katja in der Mitte des Eingangs. Wir lächeln und blicken zur Seite oder auf den Boden, dann sehen wir uns wieder an. Sie hat kurze Haare, die Hände in den Manteltaschen, sie hat zugenommen. Wir küssen uns wie alte Freunde auf die Wangen. »Servus, Lieber«, sagt sie. »Müd' schaust du aus.«

Katja steigt vor mir eine Treppe hinauf, ich folge ihr und beobachte den Mantelsaum über ihren Kniekehlen, ihre Waden und die roten Stellen, die ihre altertümlichen Pumps über der Ferse hinterlassen. »Hier?«, fragt sie, als hätte ich einen Vorschlag gemacht. Ich nicke. »El Museo«, es ist fast leer, eine Art IKEA-Restaurant. Katja öffnet ihren Mantel, ich will ihn ihr abnehmen. Katja ist schwanger. Sie lächelt. Ich gratuliere. Ich bin voller Eifersucht, in mir ist keine Liebe. Wir setzen uns.

Ich würde sie gern fragen, wer der Vater ist. Ich bücke mich und nehme die blaue Mappe aus der Tasche. Ich komme mir vor wie ein Gerichtsvollzieher, der sich durch keine Freundlichkeit ablenken lassen darf.

»Was machst du denn in Budapest?«

Die Kellnerin und der Kellner wirken wie Bruder und Schwester, die sonntags ihre Eltern vertreten. Sie sind auf dieselbe Art dicklich, sie blond, er schwarzhaarig, sein runder Kopf erinnert an einen Maulwurf.

Ich höre, wie ich Esterházy sage.

»Ach, der Péter?«, sagt sie, lächelt und legt eine Hand auf ihren Bauch. Sie kennen sich also. Das hätte ich mir denken können. Natürlich kennen sie sich. Wahrscheinlich hat er sich von ihr massieren lassen. In mir ist keine Liebe.

Ich höre, wie ich Kertész sage, ich höre, wie ich Konrád und Nádas sage, eigentlich sollte ich ganz andere Namen nennen, aber ich prahle, prahle ohne Ende, ich bin unerträglich, ich rede mich um Kopf und Kragen.

Katja blättert in der Speisekarte, ich verfolge die Bewegungen ihrer Augen. Ich versuche, die Kellnerin heranzuwinken, aber die räumt nur das Geschirr ab. Der Maulwurf erscheint. Ich deute auf Katja. Sie möchte einen Apfelsaft, einen Apfelsaft und ein Wasser, nein, nichts zu essen, wirklich nicht. Ich bestelle einen Salat mit Meeresfrüchten, einen Weißwein und ein Wasser. »Geschäumter Weißer vielleicht?«, fragt der Maulwurf in seinem blasierten Wienerisch.

»Der ist gut«, sagt Katja. Also dann, von mir aus, geschäumter Weißer.

Nach der Bestellung sehen wir uns an, als wäre alles gesagt und wir könnten nun aufbrechen. Ich sage, dass Wien plötzlich so nahe liegend war.

Ja, sagt Katja, von hier nach Budapest ist es ein Katzensprung.

Der Maulwurf kommt. Ich muss erneut wählen. Diesmal bestelle ich einen Spieß Riesengarnelen für sechzehn Euro, das teuerste Gericht auf der Karte.

Katja hat sich zurückgelehnt, eine Hand auf dem Tisch. Ihre Finger bewegen sich, sie trommeln tatsächlich auf die Tischplatte. Ich sage noch etwas und komme mir dabei vor, als würde ich den letzten Rest aus einer Zahnpastatube drücken.

Katja streckt ihre Finger und betrachtet ihre Nägel. Für einen Moment finde ich es absurd, Katja so nah zu sein und sie nicht berühren zu dürfen.

»Seid ihr verheiratet?« frage ich.

»Schon über ein Jahr«, sagt sie. Ich würde gern fragen, ob sie ihn bereits kannte, als wir noch zusammen waren.

»Entschuldige«, sagt sie, erhebt sich und geht zur Toilette. Zwei Männer sehen ihr auf den Hintern. Der eine dreht sich nach mir um, unsere Blicke treffen sich.

Katja und ich reden. Sie nippt an dem Apfelsaft, ich trinke den geschäumten Weißwein und sage, dass er gut ist, eine gute Empfehlung. In Budapest, sage ich, sei der Kurs jetzt eins zu zweihundertfünfzig, ein Umtauschwert, bei dem es bleiben könne. Ich sage, im Café Eckermann koste ein Espresso, ein wirklich sehr guter Espresso mit Milch und Mineralwasser, zweihundertzwanzig Forint.

Nach einer halben Stunde winke ich den Maulwurf heran. »Kommt gleich«, sagt er, »es kommt gleich.«

»Ich bin nicht ungeduldig«, sage ich, »ich verstehe nur nicht, warum so ein Spieß …« Bis auf die zwei Männer ist das Restaurant leer. Ich trinke meinen geschäumten Weißwein aus, greife nach dem Wasserglas.

»Und?«, fragt unser Reisender und legt seine linke Hand auf die blaue Mappe. »Woran sitzt du gerade?«

»Nur Übersetzungen«, sagt sie.

»Und dein neuer Band, wann kommt der?«

Sie zuckt mit den Schultern.

Er trinkt sein Wasser aus.

»Ich schreibe nicht«, sagt Katja. »Ich habe schon seit drei Jahren nichts mehr geschrieben.« Und nach einer Pause. »Vielleicht habe ich irgendetwas falsch gemacht, und das ist nun die Strafe.« Plötzlich sieht Katja wieder so aus, als würde sie ein Gedicht vorlesen.

»Was sollst du denn gemacht haben?«, fragt er.

»Weiß ich doch nicht«, sagt sie. »Hast wohl Angst, dass ich über uns schreibe?«

»Ehrlich gesagt ...« Unser Reisender lächelt. Oder gleicht er nicht viel mehr einem weinerlichen Jungen? Und da geschieht es, vielleicht aus Verlegenheit, vielleicht aus Schwäche, vielleicht, weil er einzig und allein auf die Kraft der Beichte vertraut. Er gesteht, sich in den Zug gesetzt zu haben wegen dieser Geschichten, wegen der Geschichte »Protokoll« von Imre Kertész und der Geschichte »Leben und Literatur« von Péter Esterházy, die beide eine Zugreise von Budapest nach Wien, das heißt, im Falle von Kertész, in Richtung Wien schildern. Er gesteht, dass der fruchtbare Gedanke, für zwei oder drei Stunden nach Wien zu fahren, der Hoffnung entsprang, die eigene Kreativität zu fördern und jener ständigen Betriebsamkeit seiner Seele (*motus animi continuus*) eine Richtung zu weisen, ihr Gelegenheit zum jubelnden Aufschwung zu geben. So wie Esterházy sich auf die Geschichte von Kertész bezogen hatte, wollte er sich auf beide Geschichten beziehen und eine Art vergleichendes Stationendrama erstellen. Jeder Satz der beiden Vorbilder erschien ihm so bedeutsam wie Frage und Antwort in einer Liturgie, so dass er, wie er glaubte, Satz für Satz nur seine eigenen Beobachtungen und Erinnerungen einzusetzen brauchte, um etwas über das Heute, über die Veränderungen der letzten Jahre, ja sogar etwas über seine eigene Generation zu erfahren. Denn Kertész hatte diese Zöllnergeschichte (man lese ruhig nach, aus welchem Grund der Zöllner ihm am 16. April 1991 den Pass abnimmt und befiehlt, am Grenzbahnhof Hegyeshalom aus dem Zug zu steigen) zu einer Lebensinterpretation erhoben (oder besser: emporgestoßen, emporgeschubst). Auch er wollte sich diesem Zöllner stellen, auch in ihm sollte einer Vision gleich – verfluchte Literatur – das Protokoll von Imre Kertész heraufbeschworen werden. Ich schließe die Augen, wollte unser Reisender schreiben, sehe mich am Ende der Welt und begreife endlich: Es ist dieses Hegyeshalom! Das Hegyeshalom von Imre Kertész, das jämmerliche Drecknest, ein Symbol für Jahrzehnte: *in hoc signo vinces* – galt auf dem Weg hinaus, Hegyeshalom. Ich sehe ihn, der mir noch gestern Abend vom Balkon seiner Wohnung aus den Schwabenberg zeigte, ihn sehe ich, wollte er schreiben, seine lange, gebeugte, schwere Gestalt, ein Gegen-Michael-Kohlhaas, der nicht seine Wahrheit sucht, denn seine Wahrheit hat ihn gefunden, ich sah seine Sätze, jeden für sich, die langen, gebeugten, schweren Sätze, wie sie unaufhaltsam der letzten nackten Einsicht entgegenschwanken …

Aber die Zöllner blieben aus. Unser Aufenthalt in Hegyeshalom währte drei Minuten. Der Zug fuhr an, er rollte über die Grenze, und er, der freie Sohn eines freien Landes, empfand nichts, seine Seele nahm keinen jubelnden Aufschwung.

»Wolltest du herausfinden«, fragt Katja unseren Reisenden, »wie viel Angst noch in dir ist?«

»Aber ohne Zöllner ...«

»Du hättest«, sagt Katja, »nach Prag fahren sollen, von Dresden nach Prag.«

»Vielleicht«, sagt er. »Aber nun bin ich hier.«

»Du wolltest mich also gar nicht sehen.«

»Doch, natürlich, ohne dich hätte ich die Fahrt nicht gemacht.«

»Nein«, sagt Katja, »ich war nur ein Vorwand.«

Er sieht sie an. Er legt seine Hand auf ihre. »Ich weiß es nicht, Katja, auf Ehre und Gewissen, ich weiß es nicht.«

»Du bist enttäuscht, keine Zöllner, keine Geschichte.«

»Ja«, sagt er.

»Kein Zöllner, der dir deine Geschichte abfordert.«

Er nickt und lehnt sich zum ersten Mal zurück. »Ich hatte sogar schon den Titel«, sagt er.

Katja lächelt ihn an.

»Noch eine Geschichte«, flüstert er und sieht wieder aus wie ein Junge.

»Dann schreibst du eben eine andere Geschichte, eine ohne Zöllner.«

Mit der Geste eines Zauberers, der im denkbar ungünstigsten Augenblick zum Auftritt gezwungen ist, nehme ich die blaue Mappe vom Tisch und lasse sie in meiner Tasche verschwinden.

»Musst du los?«

»Nein«, sage ich und denke: In ihr ist Liebe. Dann stehe ich auf und gehe zur Theke. Ich will die Garnelen nicht mehr, selbst wenn sie jetzt kämen. Die Garnelen nach einer Stunde Wartezeit noch zu akzeptieren wäre ein Akt der Selbstaufgabe.

»Ich möchte den geschäumten Weißen bezahlen«, sage ich, »die beiden Wasser und den Apfelsaft.« Der Maulwurf tippt sofort drauflos. Die Kellnerin ruft: »Total ausbuchen, total!«, und sagt, dass der Herr, also ich, die Getränke nicht zu bezahlen brauche und dass es ihr leidtue, sehr leid. Ich frage, warum sie innerhalb einer Stunde nicht in der Lage seien, einen Spieß mit Garnelen zu servieren.

Sie sagt, man habe die Riesengarnelen schlicht und ergreifend nicht gefunden.

»Vielleicht sind die Riesengarnelen ausverkauft«, sage ich, als wäre es auch in meinem Interesse, eine bessere Begründung zu finden. »Nicht nur die Meeresfrüchte sind ausverkauft, sondern auch die Riesengarnelen, denn Riesengarnelen sind ja schließlich auch Meeresfrüchte.«

»Ja«, sagt die Kellnerin, »das könnte gut sein, da hat der Herr wohl recht.«

Katja fragt, warum ich nicht länger bliebe, wir könnten einen Spaziergang machen.

»Ich habe«, sage ich, »heute Abend eine Verabredung.« Gegen meinen Willen muss ich lächeln.

»Ach«, ruft Katja, »ich ahne es.«

»Ja«, sage ich, »ich habe Katalin wiedergetroffen.«

»Die hätte ich ja gern mal kennengelernt«, sagt Katja.

Sie begleitet mich bis zum Eingang der U-Bahn-Station. Ich schiebe ihr Fahrrad. Als wir schon an der Treppe stehen, frage ich, wann es denn so weit sei.

Im August, sagt Katja, ein Junge. Wir umarmen uns vorgebeugt, trotzdem berühren sich unsere Bäuche.

Ich vergesse, meinen Metrofahrschein zu entwerten. Auf

dem Westbahnhof will ich ihn dem Verkäufer der Obdachlosenzeitung schenken, er lehnt ab.

Ich kaufe mir Leberkäse, 100 Gramm im Ofen gebacken zu 1,60 EUR, es wird etwas mehr, mit Semmel und Senf habe ich 2,90 EUR zu zahlen.

Gegenüber, neben dem Eingang zum Wettbüro, laufen zwei Fernseher, im linken gewinnt Michael Schumacher den 4. Grand Prix in Folge, genau zehn Jahre nach Sennas Tod. Ich kaufe mir noch eine Halbliterflasche Wasser. Meine Tasche ist jetzt genauso schwer wie bei der Abfahrt in Budapest.

Ich fahre zurück nach Budapest. Ich fahre nach Budapest. Ist es nicht ein Akt der Souveränität und Freiheit, weder von zu Hause aufzubrechen noch nach Hause zurückzukehren, sondern sich einfach fortzubewegen?

Ich sitze in Fahrtrichtung rechts. Ich bin erleichtert und ich bin niedergeschlagen. Der Örkény liegt auf meinem Schoß. Ich ziehe das Bändchen heraus, das Buch öffnet sich auf Seite 18. Ich beginne die Minutennovelle, die mit »Schleife« überschrieben ist, zu lesen. Ich bin müde. Die ungarischen Border Guards kommen durch den Zug. Sie kontrollieren schnell. Weil die Pässe der Reisenden vor mir durch die Lehnen verdeckt werden, entsteht der Eindruck, die Border Guards schüttelten den Reisenden die Hände.

»Must go back Austria«, sagt der Border Guard, Bart und spitze Nase, zu einem Grauschopf in der Reihe vor mir. »Go back!«

Der Grauschopf spricht leise, der Border Guard laut. »Buy Visa! No multi, Hungary fly, Budapest, go by train out, finish! Must go back. Really go back. Next train go back Austria.«

Der Border Guard, Bart und spitze Nase, macht ausholende Armbewegungen, seine Hand ist ein Flugzeug, das mit dem Grauschopf an Bord vor einigen Tagen nach Budapest geflogen ist. Mit dem Flugzeug, so viel verstehe ich, will der Grauschopf morgen auch wieder nach Hause fliegen. Er hat einen Abstecher nach Wien gemacht, und jetzt lassen sie ihn nicht mehr zurück. »No multi Visa. Must go back!«

Der Grauschopf erhebt sich. Ein schlanker älterer Herr in einem hellrosa Hemd. Er soll dem Border Guard folgen. Er will ihm folgen. Der Border Guard zupft ihn am Ärmel und tut, als ziehe er sich etwas über. Der Grauschopf soll Gepäck und Jackett gleich mitnehmen. Aber der hat kein Gepäck und kein Jackett, sondern nur einen Vienna-Reiseführer in der Hand. Der Border Guard und der Grauschopf verschwinden in Fahrtrichtung aus dem Waggon.

Der Zug verstummt, rollt aus, der Zug steht, der Zug beginnt wieder zu brausen, wir fahren pünktlich los, Hegyeshalom 16.45 Uhr. Auf dem anderen Gleis ein Bummelzug, man kann an den rot-weißen Wagen noch die Fenster herunterziehen, es sieht aus, als hätte der Zug für ein Picknick im Grünen gehalten, so ausgelassen erscheint die Stimmung der Kinder, Mütter und Großväter.

Wir fahren den langen Bahnsteig entlang, und dann, für einen Moment, sehe ich zwei Border Guards und gleich darauf, dort, wo sich der Bahnsteig zu einer Art Mulde absenkt, in der man die Gleise überqueren kann, steht der Grauschopf in seinem rosa Hemd und mit dem Vienna-Reiseführer in der Hand, und schräg hinter ihm, doch Schulter an Schulter, ein Border Guard. Der Grauschopf starrt auf den Zug, in dem er eben noch saß, als wolle er sehen, was ihn auf der anderen Seite erwartet. Ob der Border Guard den Grauschopf am Oberarm festhält, ist nicht zu erkennen.

In Győr, dessen bescheidenes Ortsschild von Rost überzogen ist, steigt jener Border Guard aus, der den Grauschopf aufgespürt hat, und geht, Bart und spitze Nase, den Bahnsteig entlang. Hinter sich her zieht er einen hellblau leuchtenden Reisekoffer. Er winkt jemandem zu, er ruft etwas, er lacht.

Unser Reisender, nun wird er zu keinem Namen mehr kommen, lehnt seinen Kopf gegen die Scheibe, aber er sieht nur noch, wie der Border Guard aus seinem Blickfeld verschwindet. Er fragt sich, warum er überhaupt sehen will, wen der Border Guard da grüßt. Der Border Guard interessiert ihn nicht, so wie ihn auch der Grauschopf im rosa Hemd nicht interessiert. Der im rosa Hemd wird Unannehmlichkeiten haben, vielleicht muss er sogar seinen Flug verschieben. Vielleicht aber helfen ihm auch die Border Guards in Hegyeshalom. Denn für Reisende mit einem Vienna Reiseführer in der Hand sind sie eigentlich gar nicht da, nein, das ist eine Ungeschicklichkeit, fast eine Dummheit. Sie sind für andere da, für solche, die wir nicht sehen, die nicht im Zug sitzen, die nur davon träumen, in so einem Zug zu sitzen, allein mit einem Vienna-Reiseführer, die träumen vielleicht noch mehr davon, in so einem Zug zu sitzen, als unser Reisender je davon geträumt hat, obwohl er immer davon geträumt hat, in so einem Zug zu sitzen.

Der Zug verlässt Győr. »Wir fahren für Audi«, »Wir fahren für VW«. Das UFO am Stiel. Jetzt wieder der Schaffner mit der runden Mütze, den ich schon von der Herfahrt kenne. Er lacht, als ich die Hülle ohne Fahrkarte herausziehe, VONATTAL EU-

RÓPÁBA heißt offenbar BY TRAIN TO EUROPE, neben dem Eiffelturm und zwei roten Londoner Telefonzellen sind auch das ungarische Parlamentsgebäude und Schloss Schönbrunn abgebildet. Er zeichnet erneut meine Fahrkarte ab, auf der alle Anweisungen auf Ungarisch und auf Deutsch stehen.

Von dem freien Nebenplatz nimmt unser Reisender das Blättchen, das »Ihr Reiseplan« heißt und auf dessen Vorderseite eine rote Reklame verkündet: »23. April/Welttag des Buches/Das große Gewinnspiel«. Die Seiten eines aufgeschlagenen Buches, die mittleren tadelnswürdigerweise nach innen gebogen, damit ein rosafarbenes Herz aus Buchblättern entsteht. In diesem leporelloähnlichen Blättchen findet er schließlich den Endbahnhof für den EC25 aus Dortmund. Er liest Budapest Keleti pu., an 18.28. Nach 128 Kilometern oder einer Stunde und zwanzig Minuten wird unser Reisender in Budapest sein. Von Keleti pu. geht um 19.10 Uhr ein Zug nach Kraków Glówny, der kurz vor sechs Uhr morgens ankommen wird, und um 19.15 Uhr einer, der über Szolnok, Bukarest, Sofia, Thessaloniki nach Istanbul fährt. Dieser erreicht anderthalb Tage später, um 8.45 Uhr, Istanbul Sirkeci. Unser Reisender wundert sich, dass der Plan von Budapest-Kelenföld bis Budapest-Keleti pu. dreizehn Minuten veranschlagt, obwohl er für diese Strecke 0 km ausweist. Aber daran stört er sich nicht. Im Gegenteil, dieser Widerspruch gefällt ihm. Und alle Glocken klagen. Das war ein schöner Tag.

Unser Reisender, bis eben weder froh noch traurig, sozusagen auf halbem Weg von einer verlorenen Geschichte zu einem heimlichen Rendezvous, spürt etwas, das ihm so unlogisch erscheint wie der Reiseplan. Doch er überlässt sich dem unbezwingbar aufsteigenden Jubel seiner Seele, als habe er tatsächlich eine Grenze überwunden, als sei er einem schmählichen Schicksal entronnen, als habe er einen großartigen Entschluss gefasst. Unser Reisender ist voller Liebe, so dass er nicht zu lesen vermag, das Buch von Örkény zuklappt, die Augen schließt und sich mit der rechten Schläfe an die Kopfstütze schmiegt wie ein zufriedenes verwöhntes Tier.